# 異世界居酒屋「げん」
# 二杯目

蝉川夏哉

宝島社文庫

宝島社

# 異世界居酒屋「げん」二杯目

isekai izakaya“GEN”2haime
presented by Natsuya Semikawa
illustration / Tsukasa Usui


蝉川夏哉
Natsuya Semikawa

illustration
碓井ツカサ
Tsukasa Usui

# 居酒屋「げん」の店員

## 葦《よし》村《むら》草《そう》平《へい》

居酒屋げんの店主。
店を閉めるつもりが、正太郎との出会いもあり続けることに。

## 葦《よし》村《むら》ひなた

草平の長女。
朗らかで、素直な性格。
パン作りが得意。

## 榊《さかき》原《ばら》正《しょう》太《た》郎《ろう》

ひなたの恋人。
現在は居酒屋げんで働く。
世界各地の料理を学んでいる。

## 葦《よし》村《むら》奈《な》々《な》海《み》

草平の次女。
成績優秀な才女で、
大学院生になった。

## 大《おお》黒《ぐろ》月《つき》子《こ》

草平の元妻。
離婚しているが仲が良い。
行動力、決断力に優れる母。

## リュカ

居酒屋げんで働く少年。
貴族の家系の生まれであり、
料理の知識も豊富。

# 「げん」を訪れる人々

## ジャン・ド・ルナール

教会で働く侍祭。
カミーユと仲良し。

## カミーユ・ヴェルダン

ヴェルダン家の娘。
騎士として王宮に奉仕
している。

## クリストフ・ヴェルダン

カミーユの兄。
王室書記官として
働いている。

## アナトール

〈寝取られ男〉と
呼ばれる、
恋多き男。

**ミリアム**

小間物商の女性。
痩せ型ののっぽ。

**スージー**

ミリアムの相棒。
小柄なぽっちゃり。

**ソレーヌ**

小間物商ギルドの女性。
経理の仕事を
任されている。

**エリク**

裁縫ギルドのマスター。
後継者について
悩んでいる。

**ラ・ヴィヨン卿**

美食家の貴族。
居酒屋げんの
評判を広めた。

**クロヴィス・ド・フロマン**

勅任パン検査官。
パンの品質にはうるさい。

**謎の老人**

「自信の一品」を求めて
やってくる吟遊詩人。

**ジャンヌ＝フランソワーズ・レミ・ド・ラ・ヴィニー**

新人奇譚拾遺使の女性。

**アン・ド・クルスタン**

リュカの異母妹。
祖父譲りの鋭い
味覚を持つ。

**ガブリエル**

王都の大学に通う学生。
勤勉で真面目な性格。

**マチュー**

ガブリエルの悪友。
色男で酒飲み。

**バンジャンマン**

普通の大学生だが、
それは仮の姿で……。

**ピエール・ド・クルスタン**

リュカとアンの祖父。
料理を食べ歩いている。

**アデレード・ド・オイリア**

〈繭糸の君〉と呼ばれる王女。
よくお忍びで城を抜け出す。

**マリー・ド・バイイ**

アデレードに従事する
侍女頭。
多忙の身で休みがない。

**ユーグ・ド・オイリア**

東王国国王。
〈幼王〉と呼ばれる。

イラスト：碓井ツカサ　デザイン：5GAS DESIGN STUDIO

# お品書き

# 扉の向こう

「それで私が呼ばれたっていうわけ？」

湯飲みをカウンターに置き、奈々海《ななみ》は小さく溜息をついた。

「ごめんね、奈々海ちゃん。ひなたさんがどうしても気になるっていうから」

正太《しょうた》郎《ろう》が申し訳なさそうに頭を下げるのを見て、肩を竦《すく》める。

卒業論文を書き終え、口頭試問の準備も終えた奈々海にとって、今は比較的、暇な時期だ。大学院への進学に向けて基礎固めのために専門書を読み漁《あさ》っているところだったから、妙な呼び出しが来てもすぐに対応できた。

「相談には乗るけど、代わりに美味しいもの食べさせてよね」

姉のひなたの頭を悩ませている問題。

それは、醤油《しょうゆ》だ。

先日、この世界でも醤油を使う店がある、という話をお客さんの一人聞かされてからというもの、ずっと悩んでいるのだという。

そもそもこの世界に醤油があるというのが不思議だった。

居酒屋げんが繋がってしまったこの世界には謎が多い。

分かっていることの方が、少ないと言うべきだろう。昔のヨーロッパに似た、不思議な世界。

醤油によく似た調味料かと思ったのだが、どうもそういうわけではないようだ。

それどころか、お隣の帝国にもげんと同じような居酒屋があるのだろうか。そう考えると姉のひなたが悩むのも理解できる。

むしろこういう話題には奈々海の方が興味津々なのだ。

大学院への進学のために改めて習い始めた英語とフランス語の講習がなければ、こっちに入り浸ってしまいそうである。

「つまりお姉ちゃんは、げん以外にも日本と繋がっている店があると思ってるのね？」

カウンターの椅子から振り返りながら、座敷で唸っているひなたに確かめる。

「うーん、いや、それだけじゃなくてね」

姉にしては珍しく分厚い本を何冊も積み上げていた。寝っ転がって手を伸ばし、本とにらめっこしている。その様子を見て、奈々海は一つ確信した。

「正太郎さん、一つ分かったわ」

「早いね！　何か手掛かりが？」と正太郎が驚く。

私は親指でくいくいと姉の方を指さした。

「明日は雪ってこと。お姉ちゃんが専門書読むなんて、世も末よ」

呆れた調子の奈々海の指摘に、ひなたがぷりぷりと反論する。

「失敬な！　私だって本くらい読みますぅ」

ぷぅぷぅと怒ってみせるひなたが押し付けてきたのは、パンの歴史を扱った本だ。

「おかしいと思ったのよね、食パンのこと知ってるのは」

姉のパン友達である〈パンのおじさん〉という常連は、明らかに食パンのことを知っていた。

しかし、姉の見るところ、この世界では食パンのような箱型パンを焼く必要性はまだないらしい。あれはもっと工業化が進み、大人数が都市という限られた敷地内で暮らすようになった時に生まれる工夫なのだという。

「つまり、お姉ちゃんは言いたいことは……」

気づいて奈々海は少しがっかりした。

何も自分を呼ぶ必要はない。姉は自分で結論に到達している。

それも、私と同じ結論に。

「……この世界に繋がっているお店は、もっとたくさんあるってこと」

「なるほどなぁ」

顎を掻きながら、父の草平《そうへい》が呟《つぶや》く。

「まぁ、うちも何の変哲もない居酒屋だ。他の店も繋がってて不思議はないわな」

そう言いつつ、なぜか神棚に手を合わせていた。

この世界に繋がったことが神様仏様お稲荷様の力だと思っているのだろうか？

父も姉と同じで時々不思議なことをする。実によく似た親子だ。

「ねぇねぇ、奈々海。帝国にある醤油を使う店って、どんな店だと思う？」とひなたが尋ねる。

「うちみたいな居酒屋じゃなくて、王侯貴族が集まるような料亭じゃない？」

奈々海は思いついたまま、適当なことを口にする。その方が面白そうだからだ。

「そうかなぁ。あ、でも醤油を使うからって和食とは限らないかも」

「例えばどんな？」と正太郎が水を向けると、何も考えてなかったらしいひなたが、ううーむと悩む。

「う、例えばほら、まかないパスタの美味しいお店とか」

醤油からまかないパスタ。

相変わらず姉の発想は、謎だ。

しかしパスタか……何か麺類が食べたくなってきた。

「しかしそうなると一つ、はっきりさせないといけない話があるな」と草平が呟く。

「はっきりさせないといけない話？」何のことかと奈々海が問い返した。

「ああ、リュカのことだ」

リュカ。

そうだった。王都《パリシィア》の住人を雇用しているということは、そういうことだ。

何をどこまで話すのか。

こちらの世界と、あちらの世界。

いや、あちらの世界と、こちらの世界か。

二つの世界に跨《また》るということは、やり方次第では大きな力を得ることにもなるだろうし、反対に大きな災いをもたらすことにもなりかねない。

技術、資源、情報……

遺伝子資源や稀少動物、こちらにしかない文物は日本に戻れば天文学的な値段になるだろう。

逆もまた然《しか》り。

この店を訪れる客はなぜかあまり気にしていないようだが、冷蔵庫や電子レンジはこちらの技術水準を考えれば、再現不可能な物品のはずだ。

ただ、そう簡単な話でないことは奈々海が一番よく知っていた。

銀貨や金貨を換金する時に有形無形の妨害が入ったのは、何か超常的な力が働いたからではないかと疑っている。

父である草平は狐がどうこうと言っていたが、満更、嘘ではないのかもしれない。

メルヘンきわまりない話だが、それを言うならばこの店が異世界に繋がっていることそのものがメルヘンなのだ。

「それで、どこまで話すの？」

奈々海が尋ねたちょうどそのタイミングで、店の引き戸が勢いよく引き開けられた。

「すみません！　遅くなりました！」

◇

「……別の世界、ですか？」とリュカが尋ねる。
結局、草平もひなたも正太郎も、全部を包み隠さず話すことを選んだ。
居酒屋げんは、異世界に繋がっている。
突然そんなことを告げられたら、奈々海ならどう思うだろうか。
リュカは、はじめ驚き、黙り込み、何かを考え込んだ。
「妙な話で驚いたと思うが……」
父草平が、腰をかがめ、リュカに視線を合わせて訥々《とつとつ》と説明する。
いつの間にか、この世界に繋がっていたこと。
今も裏口は日本と繋がっているということ。
今まで黙っていて申し訳ない、という気持ち。
腰をかがめて、一つ一つ、丁寧に飾らぬ言葉で話す。
冬にこの姿勢はつらいだろうと思うのだが、これが父のやり方だ。
「ありがとう、ございます」

リュカは、奈々海の思ったよりもすんなりと話を受け容れてくれたようだ。

「本当のことを言うと、どういうことなのか、話を聞いた今でもさっぱり分かりませんけど」と、苦笑する。

「でも、この店の一員として受け容れてくれたことが、何よりも嬉しいんです」

先日の、リュカとリュカの父親の一幕については奈々海も聞かされていた。

温厚な父が客に塩を撒いたというから驚いたが、家族のことになると頑固な父親だ。リュカのことを単に従業員としてではなく、家族の一員として認めているのだろう。

「ま、分からないことはこっちの奈々海に聞いてくれ。そういうのは、うちでは奈々海が一番詳しい」

「ちょっとお父さん、押しつけないでよ」

半ば無理矢理押しつけられたが、確かにひなたがよく分からない話をするよりは、自分が話したほうがいいのかもしれない。

リュカは真面目な顔で、奈々海に尋ねる。

「あの、ナナミさん、一ついいですか」

「なに、リュカくん」

まるで耳打ちをするように、リュカは声を潜めた。

「……王都で流通している銀貨って、ナナミさんたちの来たそのニホンっていう異世界でも使えるんですか？」

あちらでの仕入れとかどうしているのかと……と尋ねるリュカの手を、奈々海はしっかりと握った。

「やっっっっと、話の通じる相手ができた！」

二世界間両替の苦労や、それぞれの世界の差異とは何か、どうして言葉が通じるのかについての仮説などなどを濁流《だくりゅう》のように話しはじめる奈々海に、尋ねたリュカの方が目を白黒させる。こうなると自分でも止められない。

そんなリュカを見兼ねてか、ちょうどいいタイミングで草平が声をかけてくれた。

「おーい、奈々海。おだまきができたぞ」

「え、おだまき！」

話を中断したのは、美味しそうな香りが湯気と共に漂ってきたからだ。

小田巻。たっぷりの茶碗蒸しの中に、うどんが入った関西料理だ。

「昔家族で関西旅行した時に、奈々海がどうしても食べたいってせがんでなぁ」

「あったあった」

草平とひなたが笑い合うのを、正太郎とリュカがへぇと相づちを打っている。

あの時、おだまき、という食べ物が食べたかったわけではない。

店のメニューの中で、どんな食べ物か分からないのがおだまきだけだったから選んだのだ。昔から、知らないことが知りたかったんだな、とおだまきを食べながら、しみじみ思う。

そう考えると、こっちの世界というのは、未知の塊ではないか。

知ろうと思えば、未知が無限に広がっている。

未踏の地なんてほとんどなくなってしまった地球より、よほど面白いかもしれない。

案外、幸せな人生を歩んでるじゃん。

少し嬉しくなった奈々海がふと外を見ると、ガラス戸の向こうをふんわりとした何かが降りてきていた。

「あ、雪だ」

ほとんど同時に気付いたひなたが、嬉しそうに呟く。

「やっぱり、お姉ちゃんが本なんて読むから」

「失礼な！」

ぷんぷん怒るひなたを見て、正太郎もリュカも、草平さえも笑う。

ああ、こういうのもいいな、と思う奈々海であった。

# もうひとつの家族《か》《ぞく》団《だん》欒《らん》

異世界居酒屋「げん」

行き先も決めずに、ふらりと下宿を出た。

夕暮れ時分の王都《パリシィア》の道には、足早に家路を急ぐ人々が溢れている。

その流れに逆らうようにして、ガブリエルはぶらぶらと食事処の軒先を覗きながら歩いた。

懐《ふところ》は寒くない。

仕送りが届いたばかりで、ちょっと高い店に入っても困らなくらいの金が合財袋に入っていた。

しかし、生真面目なガブリエルは金を無為に使うつもりは毛頭ない。

悪友たちのように放蕩《ほうとう》に濫費《らんぴ》するくらいなら、羽根ペンと羊皮紙にその金を使いたかった。

いまはとにかく、勉強が楽しい。いや、楽しいと思おうとしている。

なぜだろうか。楽しかるべき勉強が、時に大きな壁のように恐ろしい。

勉強が楽しいはずなのに、なぜか逃げ出したくなることがあるのだ。

図書館から借りだした本を筆写する休憩がてらに食事を摂りに出た今も、正体の掴めない不安に苛まれている。胸の奥にぼんやりとわだかまるこの妙なもやもやも、空腹がまぎれればきっと消えてなくなるに違いない。

腹に何か詰めて、もうひと頑張り。

悴《かじか》む手に白い息を吐きかけ、ガブリエルは学生街を抜けて、織物職人たちの住む通りへ抜ける。

こちらの方に最近、美味《うま》い店ができたという噂をふと思い出したからだ。

記憶を頼りに歩を進めると、街並の中に一軒の異国情緒漂う店構えがぽつんと浮かんでいる。

ここに違いない。

かすかな期待と若干の不安を胸に、ガブリエルは店の引き戸を開けた。

◇

「〈掘った鼠兎《ネズミウサギ》の巣に金貨〉、という古い俚諺《ことわざ》があってな」

上座に陣取ったピエールが上機嫌で両手を擦《す》り合わせた。

王室の食事に関わる諸々を一手に引き受ける内膳寮《ないぜんりょう》。その枢要《すうよう》を任される内膳司《つかさ》の筆頭であったピエールも、ここでは単なる好々爺《こうこうや》にしか見えない。

「思わぬ幸運は続けてやって来る、という言葉だが、本当にこういうこともあるものなんだなあ」

長くリュカを探していたピエールにとって、市井《しせい》の美味い店を探していたらリュカに辿り着いたというのが、よほど嬉しいようだ。

これほどに機嫌のよい父を、セドリックは久しぶりに見た。

テーブルを囲むのは、ピエールとアン、そしてセドリックの三人。

夕暮れ時の居酒屋ゲンには給仕をしているリュカも含めると、ド・クルスタンの家族が勢ぞろいしている。

学生風の客が一人入ってきた以外、今日のゲンはほとんど貸し切りだ。

久しぶりの、家族の団欒《だんらん》というわけだ。

前回がいつだったのか、思い出すことが不可能なほどに久方ぶりの。

今日のセドリックは、朝からずっと緊張し通しだった。

目を覚まして手水鉢《ちょうずばち》の水で顔を洗っている間も、朝食を摂っている時も、散歩をしている時でさえ、父のことが頭から離れない。

叱られるだろうか。叱られるだろうな。

リュカとその母の行方を隠していたのは、父の跡を継ぐためだった。

家庭の外に子供を持つことは、東王国《オイリア》貴族として珍しいことではない。

だが、偉大な父のシャツに染みをつけたくないと当時のセドリックは思ったのだ。

もちろん、自分なりの配慮はしてきたつもりだ。色々な仕事を請け負って、二人の生計が成り立つように月々に少なくない金額を渡しもしていた。

いや、今となってはそれも単なる自己弁護だということは、十二分に分かっている。実力が伴わないが故に内膳司に推挙《すいきょ》されない自分を認めることができずに、婚外子を持っていることが原因だと自分に言い聞かせたのだ。

そんなことが理由でないことは、自分が一番よく分かっている。

リュカに対して申し訳なかったという気持ちは、今日、この席を設《もう》けて、より強くなっていた。

本当なら妻も招きたかったのだが、時期尚早だろう。

アンの母と、リュカの母。

二人とも、セドリック・ド・クルスタンの妻だ。

しかし、今日の席には、どちらの女性を招くのも難しい。

テーブルの上に並ぶ料理は、どれも手が込んでいた。

リュカとピエールの再会の宴席ということで、ソーヘイもショータロウも腕によりをかけて今晩の料理を用意してくれたようだ。

メインとなるのはローストした鶏。

見た目だけ派手な大味な料理かと思ったが、なんのなんの。肉を開くと中には具がぎっしりと詰まっていて、それらと一緒に食べるという趣向だった。

付け合わせの料理も煮物、揚げ物、焼き物と、実に手が込んでいる。

「さ、アンもどんどん食べなさい。この店の料理はどれも美味しいから」

「もう、お爺様。私の方が先に見つけたんですよ」

指摘されて、はっはっはとピエールが笑う。

内膳寮では一睨みでどんな料理人でも黙らせてしまうピエールだが、時にはこんな顔もするのだと知っている人間は、限られている。

「お父上もこの店を知っていたとは」

少し居心地の悪さを感じ、セドリックは片手で服の首元を緩めた。

そのセドリックにアンは厳しい目を向けている。

無理もない。家族がリュカを探しているのを知りながら、その行方を隠していたのだから、弁明のしようもなかった。

歩み寄りの努力をしても、わだかまりを全て水に流すには時間がかかるだろう。

「しかし、少し見ない間にリュックも立派になったな」

給仕をするリュカの姿を見て、ピエールはしみじみと頷いた。

内膳寮の仕事には、宴席の給仕も含まれる。その動きには居酒屋での給仕とも共通する部分も少なくない。

客席への気の配り方や、足運び。食器を手に取る順番に到るまで、給仕として配慮すべきことは無数にある。

「お爺様、お兄様のことはここではリュカと」

アンがすかさず訂正すると、ああ、そうだった、とピエールは慌てて訂正する。

相好《そうごう》を崩す、とはこういうことを言うのだろう。

チューハイの入ったジョッキを掲げて、ピエールは幸せそうな笑みを浮かべた。

それに引き換えセドリックは、と言われないことは、果たしてセドリックにとっていいことなのか、悪いことなのか。

心を入れ替えたとはいえ、内膳寮の仕事を一朝一夕《いっちょういっせき》で任されるわけではない。

内膳司に名を連ねるには下積み修業が必要だ。

まだアンを授かる前に修めていた技倆《ぎりょう》の修習記録や実績については、自ら望んで帳消しとしてもらった。

今では使いっ走りの小僧と同じように、水汲み皿洗いからはじめている。

顔見知りの内膳司の面々はさすがに手加減をしてくれているようだが、それでも下働きは下働き。理不尽な目に遭うことも皆無ではない。

厳しい日々だが、今は充実している。

父も通った道だ。

才に劣る自分が、二回やったところで問題はない。

たまに逃げ出したくなることもある。実を言えば、昨日もそういう衝動に襲われたばかりだ。

だが、そんな折に今日の席を催すことをアンから告げられた。

何もかも、父から見ればお見通しということなのだろうか。

◇

店の中にはガブリエルの他に、客は家族連れがもう一組いるだけだった。

見えないところに暖炉でもあるのか、外とは打って変わって店の中は温かい。

家族連れの客は、実に楽し気に鶏料理を突いている。

ああいう家族の団欒を見ると、少し胸が苦しくなるのはどうしてだろうか。

「ご注文はどうなさいますか？」

元気のいい黒髪の女給仕に尋ねられ、ガブリエルは面食らった。

特にこれといって何かが食べたいというわけではない。

腹に物を詰めたいと思っただけなのだ。

パンとスープ、それに何か一品でも出てくればそれを食べようと思って来ただけだから、何を食べたいかと尋ねられると、答えに窮《きゅう》する。

あちらと同じように鶏料理にすべきだろうか。

いやいや、あれは特別な料理だろうから、同じものをと注文しても店の人を困らせるだろう。

それにもしあれと同じものが出てきたら、一人ではとても食べきれない。

「そうですね、えっと、何かおすすめのものを……」

絞り出すようにそう答える。

すると、向こうのテーブルで話題の中心にいる好々爺然とした老人が、女給仕に声を掛けた。

「海の魚のいいのがあれば、その子に出してあげるといい。払いはこちらで持つから」

えっ、と思わず声を上げる。

海魚《かいぎょ》。

そういえば久しく食べていない。

探るように老人の顔を見ると、にんまりとした笑みを返された。

「魚料理でよろしいですか？」

「はい、是非！」

思ったよりも大きな声で返事をしてしまい、ガブリエルは少し赤面した。

自分でも気づいていないだけで、魚が食べたかったのだろうか。

海。

ガブリエルの実家は、海沿いの街、いや、村だ。

一応、ガブリエルの家の領地ということになっているが、単なる漁村に過ぎない。

昔々、まだ東王国の徴税と司法の機能が今ほど発展していなかった時代の話。

王家は直轄領から税を徴収する代わりに、直轄領を移動しながら各地で税を徴収して消費し、各地の貴族が裁き切れない裁判を王の名で行っていた。ガブリエルの先祖は海沿いの小さな村で、移動する王家に宿を提供する本陣の役割を担っていた。

その頃に何か功績があったとかで、今でもガブリエルの家系の者は王立大学へ入るのに優遇措置が与えられている。

卒業すれば、村へ帰って家を継ぐ。あるいは、王都に残って法服貴族を目指すことになるだろう。

勉強は、とても楽しい。ずっと続けたいと思う。

それなのに。

故郷のことを考えると、胸が苦しくなる。

「お待たせしました！　鰤《ぶり》大根です」

「ブリ、ダイコン？」

耳慣れない名前だ。革筒鎧《ブリガンダイン》に似ているが関係あるのだろうか？

器に盛られているのは、魚を煮たものだ。

煮汁はガブリエルが見たこともない黒色だった。

食事の前の祈りの文句を唱え、フォークを持つ。

さて、どんな味だろうか。

一口。

口に含むと、ほろり、と身が崩れた。

魚だ。

当たり前のことに、ガブリエルは驚き、口元を押さえる。

王都では海魚はほとんど手に入らない。手に入ったとしても、干物か燻製だ。

だが、このブリダイコンときたら……

口の中の身を飲み込むのももどかしく、次の一口を頬張る。

やはり、美味い。

海だ。海の味がする。

身体が、この味を欲しがっていたという感覚だ。

これまで無意識のうちに思い出さないようにしていた実家のことが、ありありと思い出される。

両親のこと、妹のこと、使用人たちのこと、領民のこと。

全部合わせて二百人もいない領地では、全ての人の顔と名前を知っていた。

それに比べて、王都はどうだ。

王立大学で学ぶ人間の顔と名前さえ、全てを知ることは不可能だ。

魚の横にある、付け合わせの根菜も、一口。

煮汁をたっぷり吸った根菜の柔らかな甘さ、温かさが、口の中に広がった。

自然と、笑みが零《こぼ》れる。

節約のためにパンとスープだけの生活をしていた間に失われていた活力が、戻って来たという気がする。

今なら、頑張れるはずだ。

「すいません、このブリダイコン、もう一皿お願いします！」

「はい。気に入って頂けたようで嬉しいです」

黒髪の女給仕がやったーと小さく喜んでいるのがほほえましい。

「ええ、とっても美味しいです」

知らず知らずの内に、里心に侵されていたのだ。

訳も分からず走り出しそうになっていた自分を、この店の料理は助けてくれた。

次の一皿を待ちながら、もう一度、老人に軽く会釈する。

老人はやはり、笑顔で頷いてそれに応えてくれた。

◇

「お爺様、どうしてあの学生さんに海の魚を？」

尋ねるアンの頭を、ピエールの大きな掌《てのひら》が優しく撫でる。

「言葉だよ」

海沿いの地方の訛《なま》りが、微《かす》かにあったのだという。

そんな誂り、セドリックは気付きさえしなかった。

「王都で海の魚を食べるのは難しいからな。ゲンのような不思議な店以外では」

それもそうだ。

セドリック自身も、久しく海魚は食べていない。

「……しかし、不思議な店、というのは？」

ふたたびアンが尋ねるとピエールは一瞬、異国の神を祀るカミダナへ視線を向けると、茶目っ気たっぷりに片目を閉じてみせた。

「ま、そういう詮索は無粋だということになっているからな」とはぐらかす。

まぁ、おいおい知ることもあるだろう。

今の自分ではまだ知るに早い、ということだ。

そんなことを考えながら、セドリックはリュカに声を掛ける。

「すまない、こちらのテーブルにもブリダイコンを」

「はい！　ブリダイコンですね」

宴席の夜は、更けていく。

あの学生も自分も、明日には元気になっているだろう。

セドリックにはそのことがなぜか、手に取るように分かった。

# 知られざる酒を求めて

「今日は俺の奢りでいい。飲みに行こうぜ」

ガブリエルの背中を叩きながら、友人のマチューが豪快に笑った。

昼下がりの図書館。

鎖付きの閲覧書架が並ぶ一角にはガブリエルとマチューの他にほとんど人影がない。

それにしても、珍しいこともあるものだ。

王都《パリシィア》の大学でガブリエルと机を並べるマチューは自称色男で、女性とのお付き合いに人生の全てを捧げている。

実家からの仕送りも写本の依頼で得た収入も、懐に入るや否やツケの払いと借金返済で消えてしまう。

それでいて本人は平然としているのだから大したものだ。

もしもガブリエルがマチューと同じ経済状況に陥ったら、三日と経たずに胃痛で参ってしまうに違いない。胃袋の健康は銀貨袋から都はよく言ったものだ。

「マチューの奢りか……明日は月が西から昇るんじゃないか?」

「失敬な。まるでいつもお前に奢って貰ってるみたいじゃないか」

「まるで、じゃなくていつも僕が奢っているんだよ」

とはいえガブリエルが金持ちというわけではなく、マチューが金にだらしないだけだ。王都の大学で法律を学ぶ学生たちの多くは経済的に余裕がない。

貴族の子弟や教会から支援を受けているような恵まれた一握りの学生は家庭教師をつけ、すぐに卒業してしまうのだが、ガブリエルやマチューの仲間は残念ながらその他大勢の方に分類される。

さりとて、貧しくとも楽しい毎日。爪に火をともすようにして王都で下宿生活を送るのも、故郷での暮らしとは違ったよさがある。

それにマチューは友との約束には意外に義理堅いところがあり、貸し借りはきちんと帳尻を合わせる男だ。綱渡り続きでも、返さない奴よりはよほどよい。

実際に女性に人気があるのかどうかはガブリエルの与り知るところではないが、友達甲斐のある男であることだけは間違いがない。

「但し、一つだけ条件がある」とマチューは言った。

「条件？」

「そう。俺がまだ飲んだことのない酒を飲ませることができたら、俺の奢りだ」

はいはい、とガブリエルは小さく肩を竦めた。

結局、奢るつもりはないようだ。

女にモテるというのは自称だが、マチューが酒豪だというのは自他ともに認めるところである。路地裏の小さな店にも詳しく、高級酒から密造の酒まで、王都の酒で飲んだことのない酒はないというほどの酒好きだ。

王都でガブリエルの知らない酒を飲ませるというのは、つまり不可能ということ。

結局、今日もマチューはガブリエルの奢りで飲むつもりなのだ。

「で、今日はどこで飲む？」

普段なら店はマチューが選ぶ。ただ、今日は一応ガブリエルが新しい酒を飲ませるという建前になっているから、主導権はこちらにあるらしい。

さて、どこで飲むべきか。

〈月夜の長耳兎〉亭か〈二枚舌〉亭、最近ご無沙汰の〈子連れ黒熊〉亭というのも捨てがたい。

しかし。ふと、ガブリエルの舌に、味の記憶がよみがえった。

ブリダイコン。あれは実に美味かった。

「よし、今日の店が決まったぞ」

「お、優柔不断なガブリエルにしちゃ珍しいな」

優柔不断と言われると少し傷付くところだが、確かにそういう面はないとも言い切れない。だからこそ、こうやって時々思い出したように連れ出してくれるマチューの存在はありがたくもある。さもなくば下宿に根が張っているかもしれなかった。

「そういえば、今日はバンジャンマンには声かけないのか？」

いつもならマチューとガブリエルと一緒に飲みに行くバンジャンマンが今日はいない。出自も趣味も違う三人だが、なんとなく馬が合う。

「声かけたけど、あいつ今は忙しいからな」

バンジャンマンはそういうやつだ。呼んでないのに現れるし、呼んだ時に限って都合が悪い。


寒さの残る通りを二人で歩く。

大学といっても一つの敷地にまとまって建物があるわけではない。

街区の中に押し込められるようにして建ち並ぶ学舎の間には細い小路や坂道、階段が入り組んでいて、ちょっとした迷路の様相を呈している。

学生たちが寮のようにして使っている古い元教会の小窓からは綱が渡され、洗濯物が翩翻《へんぽん》と翻《ひるがえ》っていた。

坂を下ると、街の風景は切れ目なく織物職人街へと姿を変える。城壁によって外界と隔てられた都には街を区分けする余裕などありはしない。

夕方というにはまだ少し早い時間だが、仕事を終えた職人の中にはもう帰り支度をして家路に就いている者もいるようだ。

「で、今日はどこへ連れて行ってくれるんだ？」

「この先にちょっと不思議な店を見つけたんだ」

「……それって、ゲンっていう店か？」

「なんだ、知っていたのか」

マチューなら知っていて当然という気もするが、ほんの少し残念だ。勉学では負けていないが、世知では勝てないマチューにやり返せる機会と思っていたのだが。なかなか一矢報いるというわけにはいかないらしい。

「いや、まだ行ったことはないんだ」

聞けば、バンジャンマンから名前と大まかな場所だけ教えてもらったのだとか。

バンジャンマンも〈寝取られ男《コキュ》〉とかいう家庭教師に聞いたというから、又聞きの又聞きだ。

不思議な店、というだけで話が通じるところをみると、他の人もあの店を不思議だと思っているのだろう。

ガブリエル自身も不思議な店だと思うのだが、どこがどうとは言えないのがなんとなくもどかしい。

「ほら、あれだよ」

前回訪れた時にはしっかりと見ていなかったが、居酒屋ゲンの店構えは風変わりだ。

木造で、白い漆喰《しっくい》。屋根はスレート葺《ふ》きだろうか。

だが、居酒屋ゲンのような様式の建物をガブリエルは見たことがない。

異国情緒漂うというのは、それだけで興味がそそられるものだ。どんなものが食べられるのかとわくわくする。

表情を窺う限り、マチューの方も同じようなことを考えているらしい。

ガブリエルは人差し指で鼻を擦った。

あちこち飲み歩いている友人に新しい店を先達として紹介するというのは、一矢報いるほどでないにせよ、ちょっと気分のいいものだ。

「いらっしゃいませ！」

元気のいい挨拶に迎えられて、二人は引き戸を潜った。

へぇ、と感嘆の声を漏らし、マチューが店内を物珍しそうに見回す。

前回はあまり気にも留めなかったのだが、店の内装も店構えに負けず劣らず、王都の流行りとは大きく異なっていた。

それでいて、嫌な感じはしない。

むしろ落ち着いた風情を感じるのは、ガブリエルの好みに合致する。

「暖かいな」

黒髪の女給仕に勧められたテーブルに腰を下ろしながら、マチューが呟いた。

言われてみれば、確かに暖かい。

奥に暖炉でもあるのだろうか。手渡されたオシボリという濡れ布巾《セルヴィエット》も温かい。

「まずはビール《ビエール》を、二人分。それと腹にたまるものを」

当たり前のように注文してから、マチューが「しまった」という顔をした。

「今日の趣旨を忘れてたな」

マチューの飲んだことのない酒をガブリエルが飲ませる。

「ま、いいじゃないか」

どうせガブリエルにはマチューの飲んだことのない酒なんて用意できない。

マチューの方でも期待していない。

要するに、連れ立って飲みに出かけるための口実に過ぎないのだ。

「ん。そうだな」

頼んだビールはすぐに運ばれてくる。肴《さかな》としてカナッペが付いてきたのは嬉しい誤算だ。この店では、オトーシというらしい。

カリッと焼き上げた薄切りのバゲットに、チーズや生ハムをそれぞれ乗せてある。

こういう細やかな心配りは、ガブリエルたちのよく行く安酒場にはない。

黄金色の透き通ったビールを掲げ、マチューの笑顔は朗らかだ。

「じゃ、乾杯するか」

「乾杯って、何にさ」

ガブリエルが尋ねると、マチューが少し照れたように鼻の頭を掻く。

「そりゃあれだ。お前さんが元気になったことにだよ」

ああ、と漸《よう》く合点《がてん》がいった。

そういえばこのところ知らず知らずに里心がついて塞ぎ込んでいたから、マチューと飲みに出るのも久しぶりなのだ。

女の子の相手に忙しいと言いながらも、飲みに付き合ってくれるところがマチューのよさだった。

「それじゃ、乾杯《サンテ》！」

「乾杯《サンテ》！」

硝子《がらす》のジョッキを打ち合わせて、ビールを一気に呷《あお》る。

これは美味い。爽やかな苦みが喉を通り過ぎていく。

マチューの方は、と見てみると、目を白黒させている。

「口に合わなかったか？」

「あ、いや、そうじゃなくてだな……」

妙に歯切れが悪い。どうかしたのだろうかと思っていると、じとりと睨んできた。

「ガブリエル。こりゃ、ラガーじゃないか……？」

声を潜めるマチューの言葉に、聞き覚えがある。

ラガーというと、一時期王都でも随分と話題になっていた。帝国が製法を独占している新手のエールで、喉越しがすっきりしているという噂だ。

「まさか」

カウンターで調理をしている店主と若い料理人の顔を見る。

どこから来たのかは分からないが、少なくとも帝国人という風貌ではない。

「ラガーを出すような店の値段じゃ無かったよ」

「いや、でもなぁ、うぅむ」

悩むマチューに追い打ちを掛ける。

「マチューがこれをラガーだというなら、今までに飲んだことのない酒を飲ませたってことになるんじゃないか」

「あ、いや、違う。これはエールだ。いや、ラガーを飲んだことがあるんだ、実は」

誰それという貴族の家で飲ませてもらったとか何とか苦しい言い訳をするマチューを見てガブリエルの口元が自然と緩んだ。

この友人は嘘を言う時に、目が泳ぐ。

ガブリエルが笑うと、マチューもつられて笑い出した。

こういう楽しい食事は、本当に久しぶりだ。

勉強と、自分でも気付かなかった迷い。

それがスカッと晴れたのもこの店のお陰だ。

マチューの言い訳が二転三転するのを聞いていると、先程の女給仕が料理の皿を持って来た。

「お待たせいたしました。若鶏の唐揚げと厚切りベーコンステーキです」

「おぉ」

思わず声を上げるマチューの横で、ガブリエルの喉が鳴る。

前回は魚料理だったが、今回は、肉。

二種類の肉料理が並ぶと、なかなかどうして御馳走だ。

粗食粗食で飽きが来ていたから、こういう腹に溜まるものはありがたい。

二人でうきうきしながらベーコンステーキという肉を切り分ける。

フォークで刺し、視線を合わせ、口に放り込むと、

「……美味い」

じんわりと脂の甘みが広がった。

噛むほどに肉の弾力とほどよい塩味、薫香《くんこう》が渾然一体となって脳を刺激する。

ああ、美味い。

そこでエールを、一口。シュワリとした苦みと泡がベーコンステーキの濃い味を押し流す。素敵だ。

横に添えてある粒マスタードを少し付けて食べると、これもまたいい。ただでさえ美味いベーコンステーキの味が引き締まって、味の輪郭がはっきりとしてくる。

ベーコンステーキだけで十点満点だったのが、更に二倍になったような、美味さ。

「いい店だろ」

「ああ、いい店だな」

幸せそうにステーキを噛み締めているマチューを見ていると、こちらまで嬉しくなってくる。

女にモテるかどうかは別として、マチューはいい奴だ。今日だって、ガブリエルを連れ出したかったからあんな妙なことを言い出したのだろう。マチューが無一文のすっからかんだということを、この辺りの学生で知らないものはいない。

「おい、ガブリエル。こっちのカラアゲってのもいけるぞ」

「どれどれ」

揚げたてのカラアゲ。

はじめて見る料理だが、思い切ってかぶりつく。

カリカリ、じゅわり。

サックリと揚がった衣の中には、柔らかい鶏肉がある。

ベーコンステーキも美味かったが、これは未知の味わいだ。

「あ、そうだ。お姉さん。前回飲んだ、チューハイっていうのをください」

「はい、チューハイですね」

この唐揚げにはチューハイが合う。そう思って注文するとマチューが身を乗り出してきた。

「俺も！　俺もそのチューハイってやつ！」

チューハイ二つ、という声を聞きながら、ガブリエルはカラアゲをもう一口噛《かじ》る。

美味い。

チューハイは、すぐにやってきた。

透明なガラスのコップに、からり、という氷の音が心地よい。

「……おい、ガブリエル。これなんだ？　果汁の水割りか？」

「まぁまぁ、飲んでみろよ」

カラアゲの残りを口へ放り込み、ゴクリ。

合う。

エールもカラアゲと合うだろうが、チューハイのすっきりとした甘さも、絶妙だ。

なんというか、とても贅沢《ぜいたく》な組み合わせだという気がする。

日々の勉強の疲れが、一口飲むごとに溶けて行きそうな味わいだ。

マチューの方はと見てみると、なぜかすっかり黙り込んでしまっていた。

「どうした、マチュー」

「……やられた」

この世の終わりのような顔をしながら、マチューはチューハイを飲む。

「何がさ」

「ガブリエル、ずるいぞ。こんな隠し球を用意しているなんて！」

隠し球、と聞いて何のことか気が付いた。

チューハイだ。

「あ、僕はここで前回はじめて飲んだけど、マチューならどこかで飲んだことあるかなって」

「飲んだことない！　くそっ！　しかも美味いのが余計に腹立つ！」

そう言うとマチューはグビリとチューハイを一気に呷ってしまった。

「お姉さん、チューハイおかわり！　それとワカドリノカラアゲ！」

「はい、チューハイと唐揚げですね」

勝手に注文するマチューを、ガブリエルは慌てて制する。

「おい、マチュー、あんまり頼むなよ？　今日はあんまり持ってないんだ」

「何言ってるんだ！　今日は俺の奢りで……あーいや、でも、金がないから結局はガブリエルに借りるつもりで……」

「だから注文は……」

「いや、なんとかなる！」

結局、二人して夜更けまで飲み食いし、ガブリエルが下宿まで金を取りに行くことでこの日は事なきを得た。

マチューとガブリエルがいつの間にか居酒屋ゲンの常連になってしまったのは、また別の話。

食いしん坊王女様

追っ手の数は、瞬《またた》く間に増えた。

薄暮の王城を無数の衛兵が駆け回る。足音の数は五や十といった数ではない。勤番の兵だけでなく、ちょうど下城する時間だった兵や武官も押っ取り剣《つるぎ》で捜索に加わっているようだ。衣擦《きぬず》れの音を聞く限りでは、文官たる法服貴族までもが人数に加えられているらしい。

「あちらへ逃げたぞ！」

「絶対に阻止しろ！」

なんとも騒々しいこと。

石造りの廊下に響く足音を聞きながら、アデレードは隠し扉の影で息を殺した。蝋燭《ろうそく》の灯りと西日とが作り出す人影の群れが右往左往するのを見ると、少し不安を感じる。

東王国《オイリア》の心臓部である城の守りを任される精鋭でありながら、人捜しにこれだけ大騒ぎになるというのはどうなのだろうか。

「お姫様《ひい》、やはり難しいのでは？」

隣に控えた侍女のマリー・ド・バイイが気疲れを隠しきれない顔でアデレードに注進する。

街娘に扮した変装はなかなか堂に入っていて、侍女頭だと説明されなければ気付かないはずだ。

同じく変装をしているアデレードも、王女には見えないに違いない。

兵士たちが血眼になって探しているのは、誰あろうこのアデレード自身だ。

「行くは蛮勇、戻るは無様。それならば、東王国の王家に連なる者として、どちらを選ぶべきかは自明ではなくて？」

「〈繭糸《けんし》の君〉アデレード・ド・オイリア殿下の屁理屈はいつも通り冴えわたってお
いでですね」

元々マリーは今回の件に乗り気ではなかったから、無理もない。

これだけ大それたことをしでかせば。

アデレードの監督責任を負うマリーにとって、心穏やかであるはずがない。

「マリー、貴女の言葉に棘を感じるわ」

「それはようございました。人の言葉の表裏を読むことも、東王国の王統譜《おうとうふ》に名を連ねる者として欠くべからざる素質ですから」

涼やかな顔で言ってのけるマリーは、アデレードに直言できる腹心中の腹心である。

東王国国王である〈幼王〉ユーグの叔母、アデレード・ド・オイリアは今、王城を脱走しようと目論んでいる。

脱走の手引きをしてくれる共犯者の声が聞こえた。

「殿下、こちらです」

「ご苦労様」

王室の人間を守る近衛、〈国王の楯《たて》〉に所属する騎士だ。

名前は、カミーユ・ヴェルダン。

男装の麗人にして、優れた剣術の使い手である。

油断なく周囲を窺い、アデレードを庇うように振舞う姿はまさに精鋭。

東王国に忠節を誓うカミーユは、王室に連なる者のためなら命すら投げ出すだろう。

それもそのはず。カミーユの実家には相続の問題があった。それを、アデレードの姪であるセレスティーヌが一声で解決したのだ。

言わば、東王国の恩顧《おんこ》の臣。王家の藩屏《はんぺい》である。

そしてアデレードの知る限り、〈国王の楯〉で唯一の女騎士であった。

カミーユの先導でアデレードとマリーは隠し扉を出る。捜索に当たっている兵たちはカミーユの仕掛けた攪乱《かくらん》によって、厩舎《きゅうしゃ》の方へと注意を引かれているようだ。

廊下に人影がないのを慎重に確認しながら、駆け抜ける。城館から出ることさえできれば脱出は成功したも同然だ。

大人の背ほどもある一枚硝子の大窓を潜り抜ける。外庭へ出る頃には陽はすっかり沈んでいた。

前栽の間を抜けるようにして、城壁へ。協力者の用意した縄梯子を使って、堀端へ。

ここまで来ればあとは手慣れたものだ。

王族と近臣しか知らない秘密の地下通路を通って、街へ降りる。

◇

「ぷはぁ！」

ジョッキの中身を、豪快に飲み干した。

ここは王都《パリシィア》の一角。

王立大学の前を下って織物職人街へと入った辺りにある、小さな居酒屋。

店の名前は、ゲンという。異国情緒溢れる、落ち着いた店構えの店だ。

アデレードとマリー、そしてカミーユはこの店に入るや否や、腰を落ち着けるのももどかしいとばかりに酒と肴を注文していた。

王城を抜け出しての食べ歩き。

それが王女アデレードの数少ない生きる楽しみだった。もっとも、最近では脱走の頻度が多いせいで重臣連中が衛兵を使って阻止しようとしてくるのだが。

「カミーユ。貴女、こんないい店を隠していたのね」

「ああ、いや、それは……」

心の底から嫌そうに男装の騎士は視線を逸らした。

なるほど。行きつけの店を知られたくなかった、ということなのだろう。

マリーも同情するように頬に手を当てて溜息をついた。

それにしても、喉越しのいい酒だ。それをマリーはぐいぐいと呷る。

「貴女は気付いていないかもしれないけれど、これはエールではなくて……」

帝国秘蔵のラガーについて説明しようとしたところで、アデレードは口を噤《つぐ》んだ。

そのままうっとりと耳を欹《そばだ》てる。

カラカラカラカラカラ……

妙なる音色は、油の音だ。

食材が泳ぐほどの油を贅沢に使った時にだけ耳にできる、天上の調べ。

なるほど、と得心した。

ここがピエールの言う〝不思議な店〟なのだろう。東王国には時々、こういうありうべからざる店が出現する。調べても謎ばかりなのであれば、楽しむしかない。

「お待たせいたしました。テンプラです」

まだ幼さの残る少年給仕が、料理を運んでくる。

ピエールのことを考えていたからか、どことなしに面影を感じてしまうが、無関係に違いない。クルスタン家の人間がこのような場末の居酒屋で働いているというのは、さすがに無理がある。

「テンプラ、ね」

フォークでざくりと刺す感触に、思わず笑みがこぼれた。

ざくり、とさくりの中間。

そのまま口に運び、噛み締める。

「甘い……」

海老だ。ぷりっぷりの、海老。

熱を通した海老が甘くなるということは知っていたが、ここまで甘いものははじめて食べた。

海老が、甘い。その言葉が脳の奥深くの記憶の糸玉からか細い糸を手繰り寄せる。

「……クシカツ？」

「あ、お客さん串カツ知ってるんですか？」と女給仕が首を傾げた。

「いえ、そのような料理を聞いたことがあるような、ないような……」

あれは確か東王国で使っている密偵組織〈奇譚拾遺使《きたんしゅういし》〉が寄越した極秘報告書に記載されていた文言だったか。

姫のセレスティーヌがとても食べたがっていたのを憶えている。

帝国へ嫁いだ彼女は、元気にやっているだろうか。

思えばセレスティーヌに「街へ出ろ」とお忍びでの食べ歩きを勧めながら、一度も連れて行ってやらなかったのは残念なことをした。

「……アデレード様」

マリーの呼びかけが考え事を中断させる。

「何？」

「こちらの白身魚も、大変美味しいです」

「あ、ずるい！」

マリーが食べているのは、キスという魚のテンプラらしい。慌てて口に運ぶと、あっさりとしていて、これも美味しい。

「こっちのキノコもいけます」

カミーユがかぶりついているのは、マイタケだ。

見栄えがするように大きく揚げられているが、ナイフで切れ目が入れてあるので、細かく割って食べられる。女性客への気遣いだろうか。

「どんどん揚げていきますからね」

厨房に立つ若い料理人が次々に新しい具材を揚げてくれるので、飽きさせない。

やはり、カミーユには後できつく言っておく必要がある。

こんなに美味しい店を隠していたのは、王家に対する敬意が不足しているのだ。もちろん、冗談だが。

「これはイワシ、というのね」

魚のテンプラをひと囓りして、そこによく冷えたラガーをグイッ。

口の中の油がラガーのキリッとした苦みによって洗われる心地よさが堪らない。

「こんな食事、王宮では絶対できませんからね」

不用意に王宮という言葉を出したカミーユの脇腹に、肘を一発。

おぐぅと悶えるカミーユを見て見ぬふりしながら、シュンギクを一口。

この苦みは、大人にしか分からない妙味だ。

カミーユをこの脱走食べ歩きの協力者に引き込んで五回目だが、実に巧くやってくれている。

聞くところによると〈国王の楯〉ではアデレードの脱走を臨時の訓練として、弛《たる》んだ衛兵たちの士気と練度の向上に利用しているらしい。王宮内部に手引きがあった場合の侵入者対策など、なかなか演習できるものではないから、重宝しているのではないか、とはマリーの推測だ。

毎回おめおめと取り逃がしてはいるが、確かにこのところ衛兵たちの動きがよくなってきたという気がする。

こちらも注意しなければ食べ歩きができなくなる危険があるから、何か対策を考える必要があるだろう。

ホクホクしたレンコンを食べながら、マリーを見る。

普段は激務で鬼気迫る表情を浮かべていることも多いが、ここでは落ち着いて酒とテンプラに舌鼓を打っている。

いい店だ。店員もこちらがやんごとない身分だと恐らく気付いているだろうに、そうと察した風には感じさせずに自然な応対をしてくれている。

お陰でマリーも心置きなくテンプラを食べることができるというわけだ。

アデレードの持論だが、王家の人間は城に籠もっているべきではない。

民草の生活を知らずして、その統治が上手くいくはずがないのだ。

兄である〈英雄王〉は、戦場の兵たちを通して世間を知っていた。兵とはすなわち民だからだ。甥のユーグは、果たしてよい王になれるだろうか。

力のない王女ではあるが、叔母として何とかしてやりたいという気持ちはアデレードにもある。そういう宮廷闘争に疲れたが故の、脱走食べ歩きではあるのだが。

「そうだ、カミーユ。〆《しめ》に、何かとても庶民的なものが食べたいわ」

「庶民的なもの、ですか」

カミーユが首を捻る。

「こう、上品じゃない食べ物というか……」

すると、黒髪の女給仕が「それなら！」とにっこり微笑んだ。

大きなドンブリに、米《リ》を少し。

そこに乗せるのは貝柱と小海老のカキアゲだ。

「ここにお塩をつまんで、三つ葉をちらして……」

上から、温めた濃いめの出汁《フォン》をかけ回す。

ふわり。

出汁の香りが鼻腔を優しくくすぐった。

「天ぷら茶漬けです。豪快に、下品に掻き込んで下さい」

渡された木匙でカキアゲを割りながら、言われたとおりに口へ掻き込む。

ずぞぞ。

生まれてこの方、こんなに下品にものを食べたことはない。

ずぞぞ。

器に口を付け、中身を啜り込むなんて。

ずぞぞぞぞ。

それなのに。それなのにどうして、匙が止まらないのか。

口の中には、出汁とカキアゲ、そして米の味とが渾然一体となって押し寄せている。

貝柱の滋味、小海老の食感、カキアゲの油、米の甘み、そして全てを包み込む出汁の旨み。この調和は、上品に食べては決して味わうことのできないものだ。

下品にはしたなく啜りこむことでのみ、渾然一体となった全ての食材の持つ美味を堪能することができる。

民草の生活も、同じだ。

謁見と称して一人一人を王城に招いて生活のことを語らせてみたところで、本質は見えるはずがない。下品に街へ飛び込んでこそ、人々の暮らしのよしなしごとの絡み合う様を直接感じ取ることができるのだ。

「……ほぅっ」

夢中になって掻き込んでいたドンブリから、顔を上げる。

「アデレード様」

「なぁに、マリー」

いつになく真面目な顔で、マリーがアデレードの方を見つめている。

「……口元に、米が」

カアッと顔が赤くなるのを感じた。

「も、もう一杯！　次はお米を少なめで！」

照れ隠しに、口元を拭いながら注文する。

腹はくちく、たまっていた鬱憤《うっぷん》もどこへやら。

次も抜け出した時はこの店にしよう。

いや、その前に、カミーユが他にもいい店を隠していないか問い質す必要がある。

そんなことを考えながら、アデレードは二杯目のテンプラチャヅケのドンブリを受け取るのであった。

# 食通ふたり

異世界居酒屋「げん」

「いちばん自信のある料理？」

　ひなたが聞き返すと、リュカは神妙な顔をして頷いた。

　夕方の早い時間。

　まだ店は混雑しはじめる前で、ひなたもリュカも世間話をする余裕がある。

「ええ、その店でいちばん自信のある料理を出してくれって注文するらしいんです」

　話題は、リュカが祖父母から聞いたという謎の老人の話だった。

　祖父といってもピエール・ド・クルスタンのことではない。料理が美味しいという評判の宿屋をやっている母方の祖父母のことだ。

　ちなみにピエールは今日もげんにやってきて、隅のテーブルで晩酌をしている。

　忙しくないのか聞いてみたのだが、ほとんど隠居のようなものなので居酒屋へ来る余裕はあるのだという。

　まさに悠々自適。

　厚揚げと白菜を炊いたものに一味をかけて、気持ちよさそうに一杯やっている。

それにしても。

いちばん自信のある料理を、と注文する老人。

まるで都市伝説か何かのようだが、お化けの類《たぐ》いではない。

最近、王都《パリシィア》の料理屋や宿屋にそういう旅人が現れるのだという。

「不味かったら怒られるとか？」

もしそうなら料理漫画か何かのようだ。

ひなた自身は口の悪い客があまり好きではない。

客は客、店員は店員。

精一杯におもてなしはするが、神様のように接するというのはどうなのだろうか。

店に来てくれるお客様はありがたいが、お客様が神様だという考え方は少し違うと思っている。

お互いに人間なのだから、客も店も気持ちよく応対できるのが一番だ。

「そういうこともないみたいですよ。美味しければ歌ってくれるみたいですけど」

「歌ってくれる……」

予想外の返答に、絶句する。

歌手か何かなのだろうか。未だにこちらの世界のことはよく分からない。

いったい、どんな人なのだろうか。

「ね、お父さん。そんなお客さんが来たらどうする？」

尋ねられた草平はまな板から視線を動かさずに答えた。

「どうもしないさ。どのお客に出す料理も、いちばん美味しく作る。それが料理人だ」

それを聞いていた正太郎が横で「おぉ」と感動している。

草平も満更ではない様子だ。

料理人同士だからか、草平と正太郎はとても仲がいい。

少し前までひなたは正太郎と草平の仲がよすぎることにちょっとだけ嫉妬していた。

嫉妬といっても、ちょっとだけだ。そう、ほんのちょっとだけ。

ただ、最近は考えを改めた。

考えを改めたというよりも正確にはひなたにはどうしようもないと諦めたという方が正しいのかもしれない。

いやいや、二人の仲がよいことは喜ばしいことだ。

しじゅう喧嘩ばかりして厨房の雰囲気が悪くなるよりは何倍もよい。

事実、草平は一人で店をやっていた時よりも機嫌がよかった。

奈々海は近くで見てもあまりピンときていないようだが、無口な草平なりに細やかな部分に感情が表れている。例えば、眉とか、口元とか。

正太郎と草平。

タイプのまるで違う二人だが、両方ともに料理人だ。

料理という共通の道に人生を捧げる二人にはどこかしら共通するものがある。

違いがあって、共通するところもある。

二人の協力と葛藤とが正太郎と草平の双方を刺激し、高め合ってくれるのだから、よいことだ。

そんなことをぼんやり考えながらカウンターを拭いていると、引き戸が静かに引き開けられた。

「いらっしゃいませ！」

「失礼、酒と食事をお願いしたいのだが」

顔を覗かせたのは、帽子をかぶった老人だ。

落ち着いた物腰にはなかなかの雰囲気がある。

背負っている弦楽器は高校時代に資料集で見たことがあった。

確か、リュートという名前で、中世の吟遊詩人たちが弾き語りに使っていた楽器だったはずだ。

勧めるとカウンター席にそっと腰を落ち着けた。

気取った所作ではないが、一挙手一投足に人の目を惹きつける何かがある。

これは、ただ者ではない。ひなたの勘がそう告げていた。

「いい雰囲気の店だ」

おしぼりで手を拭いながら賛嘆の声を漏らすその客の様子を、リュカが訝《いぶか》し気に見つめる。

いったい、何者なのだろうか。

いや、ここに座っている以上は相手が何者であろうとも、お客だ。

「ご注文は何になさいますか」

いつもどおりの笑顔で注文を尋ねる。

「……いちばん自信のある料理、をお願いしたい」

来た。

この老人が、リュカの言っていた噂の人物だ。

どうするのだろうと調理場の方を振り向くと、草平は実に落ち着き払って手を拭いていた。余裕の態度というよりも、いつもと変わらない自然体。

対する正太郎は何を作るのか少し戸惑っているようだ。

頑張れ正太郎、と心の中でエールを送っていると、草平が口を開く。

「この店には料理人が二人おります。どちらの料理をお出ししましょう」

草平が尋ねると、老人はふむ、と顎髭に手をやった。

「それでは、お二人に同じものを」

分かりました、と草平が調理に取り掛かる。

その様子を見て、正太郎も後に続いた。表情は引き締まっている。

作るのはハンバーグのようだ。

ひなたが子供の頃から、ずっと作り続けていたハンバーグ。

いったいどれだけの数のハンバーグを草平はこの厨房で作ってきたのだろうか。

大まかな数を考えるだけでも馬鹿馬鹿しい。

何回生まれ変わっても食べきれない数のハンバーグを、草平はずっとここで作ってきたはずだ。

「クローヴィンケルじゃないか」

いつの間にか、ピエールが老人の隣に腰を下ろしていた。

手にはお銚子《ちょうし》とお猪口《ちょこ》。

二人はどうやら、知り合いらしい。

「筆頭内膳司はもう引退したんではなかったのか？」

クローヴィンケルと呼ばれた老吟遊詩人は厄介な奴に見つかったとでも言いたげな迷惑そうな表情でいて、その実、どこか嬉しそうでもある。

「隠居したら食べ歩きの旅にでも出たかったが、ダメ息子が急に発奮してな。暫《しばら》くは王都を離れられそうにない」

答えるピエールは満面の笑みだ。

会えるはずのない旧友と会った、という表情だろうか。

お通しとしてクローヴィンケルにも厚揚げと白菜の煮物を出した。

一瞥し、ふむ、と頷いてから一口食べる。

瞑目《めいもく》して何かを確かめるように味わう姿は、まるで採点しているかのようだ。

「やはり、な」

何かを察した様子のクローヴィンケルの横顔を、ピエールがにやにやしながら見つめている。

「古都《アイテーリア》にも一軒、あるらしいじゃないか」

「確信があったわけではない。とてもいい店だということは間違いないが」

どういう話だろうか。

他のテーブルの給仕をしながらも、耳を欹《そばだ》てて聞いてしまう。

奈々海がいたら質問攻めにしていそうだ。

「不思議な店がいつどこに出来るかは本当に謎だな」

「まったくだ。だからこそ、出会えた時の喜びも一入《ひとしお》なのだが」

ピエールが手の仕草でリュカに何かを伝えると、すぐに猪口を運んできた。

そこにとくとくと熱燗を注ぎ、クローヴィンケルに差し出す。

二人の老人は、さりげない所作で乾杯を交わした。

「居酒屋ノブ、といったか。いい店だと聞いている」とピエール。

「奇譚拾遺使で探りを入れたのか」

「見つけたのは偶然だよ。そういう縁だったのだろう」

静かに酌み交わしながら、二人は訥々と話を続ける。

話の内容はよく分からないが、のぶという店名はどうにも日本的だ。

奈々海の予想通りげん以外にも日本と繋がっている店があって、このクローヴィンケルはそこを知っているということか。

ピエールはキュッと猪口を干すと、何かを指折り数えはじめた。

聞こえてくる音の連なりは、店名だろうか。

ラーメン、という言葉も聞こえたから日本の店もあるが、それだけではない。

日本からすれば異国風の響きの店名も、いくつも聞こえてきた。

この世界に繋がっている店は、思っているより多いのかもしれない。

「さすがは内膳司。随分と知っている」

「ここ百年ほどで見つけた店だよ。出来るのも突然だが、消えるのも一瞬だ」

「私の知っていた店もそうだった。ある日、煙のように消えていたよ」

ああ、どうしてここに奈々海がいないんだろうか。

視線で草平に尋ねるが、小さく首を振る。

お客さんの話に嘴《くちばし》を容れるな、ということだ。

「不思議な店の話は内膳司でも筆頭の一人だけにしか伝えられていない。口伝《くでん》だが、儂の後は保留にして誰にも話しておらん」

「……いいのか、根無し草の吟遊詩人なんかに教えて」

「若い頃に一緒にトンコツを食べた仲だ。今更何を隠す」

クローヴィンケルが、ふふっと笑う。

昔のことを思い出したのだろうか。

「随分前から聖王国《ルプシア》は何か知っている気配があるが……それとなく探りを入れても、取り付く島もない。大っぴらに聞くこともできんしな」

まぁ、それはそうだろうなとクローヴィンケルが厚揚げを食べる。

箸の使い方がとても綺麗だ。やはり、どこかで日本食を食べたことがあるのだろう。

「このゲンのことはまだあまり知られていないと思ったが、わざわざ帝国から食べに来たのか？」

まさか、とクローヴィンケルが苦笑した。

「私はただ、美味しいものを食べる為に行脚《あんぎゃ》しているだけさ」

羨ましいとピエールはかぶりを振る。

「儂は子供や孫のことがあるからな。そこまで自由にはなれんよ」

そう言ってリュカの方へ視線を遣った。

リュカが一礼すると、クローヴィンケルが一瞬驚いたような顔をし、それから笑み崩れる。

「孫か。後進がいるのはいいことだ」

「成長を見るのは楽しいが、たまにお前さんが羨ましくなるよ」

「私は子も弟子もなしに専心して、漸くここまでの男だよ」

「さて。それはそうだろうな。儂は子や弟子に教わってばかりだという気がするが」

肩を竦めるピエールの前に、ひなたはハンバーグを置く。

まずは草平のハンバーグだ。

「ほほう、これがいちばん自信のある料理か」

居住まいを正し、クローヴィンケルがナイフとフォークを構えた。

草平はいたって普通の様子で、いつも通りに調理に使った道具を洗っている。

肉にナイフを入れ、一口。

噛み締め、ゆっくりと食べる。

「……美味い」

どれ、とピエールも横からナイフとフォークをひょいと出して自分の皿に巧みに取り分けた。

次は正太郎の皿だ。

クローヴィンケルの注文で、湯冷ましを出す。

草平のハンバーグの味を清めてから正太郎のハンバーグを食べるらしい。

ますます料理の審査のようだ。

正太郎ははじめからピエールの分の皿も用意する。

付け合わせの人参のグラッセとブロッコリーの色も鮮やかだ。

クローヴィンケルのナイフが、ハンバーグに差し入れられる。

正太郎は緊張した面持ちで、クローヴィンケルとピエールの様子を窺っていた。

フォークが口へ運ばれ、ひとくち。

味を確かめるように、ゆっくりゆっくりと咀嚼《そしゃく》する。

どんな感想が口を衝いて出てくるのか。

ひなたも、正太郎も、リュカも、ピエールも、クローヴィンケルの口元に視線を注ぐ。

しかしクローヴィンケルの口から出てきたのは、批評でも感想でもなかった。

ふふ、と小さな笑い。

それが、ははは、と大きくなる。

「いや、失礼。これは実に興味深いな」

ピエールにも食べるように促し、クローヴィンケルは人差し指で眦《まなじり》の涙を拭った。

「ご両人の料理は、同じ料理だが、まるで違う」

おそらく、積んできた修業の内容も、年月も、全く異なるのだろう、と老吟遊詩人は続ける。

「だが、それでいてとても似ているのだ」

その感想に、ピエールも大きく首肯した。

「クローヴィンケルの言うとおりだな」

うんうん、と頷き、ピエールは二人のハンバーグをまた口へ運ぶ。

「ご主人、いい後継者を持たれたな」とクローヴィンケル。

「いえ、教わってばかりです」と草平が答える。

正太郎はなんと言えばいいのか分からず、まごまごとするだけだ。

それでも嬉しそうなのは、草平と味が似ていると言われたからだろう。

「後継者、か」

しみじみと、本当にしみじみとクローヴィンケルが呟く。

それからリュートを取り出し、ゆっくりと弾き語りをはじめた。

どこか物悲しく、それでいて心地のよい、不思議な曲だ。

聞く者すべてを魅了する旋律が店を満たし、王都の夜はリュートの音色へと溶けていった。

# 奈々海の決断

異世界居酒屋「げん」

「はい、お姉ちゃん特製ピタパン、おまたせ！」

奈々海の目の前に具だくさんのピタパンを出すと、表情が少し明るくなった。

トマトにレタス、ベーコンのＢＬＴと、ハムチーズ。正太郎お手製のキーマカレーが入ったものが特に美味しい。

中東発祥の薄いパンであるピタに具材を挟んだピタパンは軽食にもってこいだ。

もちろん、ピタはひなたが焼いたお手製である。普通のパンを焼くよりお手軽だが、簡単なだけに奥深い。

さっき自分でも味見をしてみたが、なかなかうまく焼けたと思う。

今日のげんもなかなかの繁盛具合。

カウンターの一席に小さな体を押し込むようにして、奈々海は座っている。

「……ありがと」

分厚い専門書を読みながら奈々海が小声で礼を言った。

春から大学院に入った奈々海は時々実家に帰って来てご飯を食べていく。

大学近くの下宿だとどうしても外食に頼り切りになって、栄養のバランスがよくないそうだ。

最近のコンビニご飯は栄養バランスもいいらしいよと生活科学部出身者として助言すると何も言わなくなってしまった。

口に出しては言わないが、要するに実家の味が恋しいのかもしれない。

奈々海はひなたに取って自慢の妹だ。

可愛いし賢いし、色々凄い。今もピタパンを食べながら小難しい本を読んでいる。

何を読んでいるのかと横目でちらりと覗き込むと、英語の原書だ。タイトルに使われている英単語さえ、ひなたにはよく分からない。エコノミックは分かるから、かろうじて経済学の本だろうと見当をつけるが、それも奈々海の専攻からの類推で、中身については皆目さっぱりお手上げだ。

英英辞典を傍《かたわ》らに置いているがほとんど引かずにすらすら読んでいるということは、意味がほとんど分かっているということか。

思わず凄いなぁと声に出すひなたに、奈々海がフンと鼻を鳴らした。

「お姉ちゃんも凄いよ」

「そんなことはないと思うけどなぁ」

ひなたが即座に否定すると、小さく肩を竦めてまた本の世界に戻ってしまう。

難しいお年頃のようだ。

実際、奈々海は凄い。難関大学を優秀な成績で卒業して、そのまま大学院へ。将来は母の会社に入ることが決まっている。

アルバイトと家事手伝いという古式ゆかしい言葉でしか自分の身分を表せないひなたとは、随分違った。

「オムハヤシ定食、お待たせしました！」

正太郎の作った料理を、客席に運ぶ。

とろとろの玉子で包まれたオムライスにじっくり煮込んだハッシュドビーフをかけたオムハヤシは今日から新しく提供をはじめた。

凝り性の正太郎はハッシュドビーフの仕込みにたっぷり時間をかけ、玉葱が溶けるくらいにじっくり煮込んだ。赤ワインとローリエで肉の臭みを消したハッシュドビーフは、それだけでもとても美味しい。

手塩皿で味を見た草平がそこに隠し味として本味醂《みりん》をほんの少し加え、驚くほど美味しくなった。

「ジャン、このオムハヤシ凄いぞ。オムライスの上にカレーみたいなのが乗ってる！」

「カレーウドンと違って辛くはないよ。これもすっごく美味しい」

ジャンとカミーユの二人がさっそく注文し、オムハヤシに舌鼓を打っている。

自分の頼んだメニューが目の前に届いて童心に返ったように目を輝かせるお客さんの笑顔が、ひなたには眩しい。

パンを焼いたり料理を作ったりするのも好きだが、それは結局、誰かに何かを食べてもらって喜んでもらうことが好きなのだと最近漸く気が付いた。

今のひなたは、幸せだ。

その一方で、奈々海が凄いということも、日々感じている。

ひなたにとって、自分に出来ないことをしている人は、それだけで凄い。

「やっぱり、奈々海は凄いよ」

「お姉ちゃんも凄いんだって」

ピタパンを食べ終えて薬指をぺろりと舐めながら、奈々海が反論する。

「うーん。奈々海の方が凄いと思うけどな。私はやりたいことをやってるだけだし」

バン、と奈々海が乱暴に本を閉じた。

珍しい。本をまたぐのも躊躇するほどに大切にする奈々海がこんなに強く本を扱うのを、ひなたははじめて見たかもしれない。

「……帰る」

ガチャガチャと筆記用具をトートバッグに詰め込む奈々海を、ひなたも、正太郎も草平も、周りの客も唖然として見つめることしかできなかった。

俯き加減に足早に裏口へと去る奈々海に、ひなたは恐る恐る「またねー」とひらひら手を振るが、当然のごとくに無視される。

「……奈々海、どうかしたのかな?」

小首を傾げるひなたに、正太郎はポリポリと人差し指で顎を掻いた。

「あー、いや、ひなたちゃんももう少し奈々海ちゃんの気持ちを汲んであげた方が」

草平も鍋の煮詰まり具合を見ながら、すんと鼻を鳴らす。

「え、私が悪いの？」

「いや、悪いとかそういうことではなく……」

やっぱり、奈々海は難しい年頃なのだ。ひなたはそう納得することにした。

◇

巨大なリュックを背負った奈々海が現れたのは数日後の朝のことだった。

リュックだけではない。

あちこちにステッカーを貼ったキャリーバッグも引いてきている。

ただならぬ雰囲気だ。

珍しく母の月子が来ているげんの店内で、腕組みをした奈々海が仁王立ちしている。

「大学院、辞めてきた」

「辞めてきたぁ？」

ひなたは驚くが、正太郎も草平も、仕込みを続けていた。

月子に至っては、魚偏の漢字がたくさん書かれた湯飲みで平然と茶を啜《すす》っている。

何を言っているのか、理解できない。

いや、理解したくないのはひなただけのようだ。

「不肖、葦村《よしむら》奈々海は、やりたいことが見つかったので、大学院を辞めて参りました。以上」

「以上って、あんた……」

口をパクパクさせることしかできないひなたには、俄《にわ》かに信じられない。

今、奈々海が辞めてきたと宣《のたま》っているのは、泣く子も黙る国立超難関大学院なのだ。

ひなたはまったく興味がないが、中央官庁の官僚や大企業の重役にも出身者がたくさんいる大学の大学院のはず。

やりたいことが見つかったからと言ってティッシュ配りのバイトのようにホイホイ辞めるものではない。

「あー、いや、で、そのやりたいことって、何よ？」

受けた衝撃の余りの大きさにたじろぎながら、姉の威厳を保とうと腕を組む。

結果として腕を組んだ姉と妹が居酒屋の真ん中で睨み合うという奇妙な場面になってしまった。

「……異世界に住む」

ガタン。

背後で神棚が大きな音を立て、皆の視線がそちらに集まる。

特に変わったことはないようだ。鼠でもいたのだろうか。

「異世界に住むって……」

背負った巨大なリュックと、手に引いたキャリーバッグは確かに長期の旅行用だ。

卒業論文執筆のために海外に滞在していたこともある奈々海は実のところひなたよりも海外旅行の経験は豊富なので、ひなたには少し見ただけでは何を指摘すればいいのか分からない。

いやいや、ちょっと待て。

海外と異世界は違う。

大使館もないし通貨も違うしインターネットもなければスマホも通じない。

病院もあるのかないのか分からないし生水を飲んだらお腹を壊すし、あ、これは異世界でも海外でも似たようなものか。

そういえばリュカのおじいちゃんおばあちゃんの家は宿屋をやっていると言っていたけどいやそうじゃなくて引き止めたいのであってどうやって実現するかを考えているわけではないから……

「お、お父さんとお母さんも何か言ってよ」

草平と月子に助けを求める。

が、反応は芳《かんば》しくない。

「奈々海も大人だからな。自分の道は自分で選べばいい」

「なるようになるし、なるようにしかならないわよ」

なんでこんなに薄情なのか。

異世界で奈々海が訳の分からないトラブルに巻き込まれる、ということは考えないのだろうか。

「二人ともちょっとは奈々海を止めてよ！」

「止めると言ってもなぁ……」と草平が気まずそうに呟く。

「……私たちの娘だしねぇ」と母の月子も諦めムードだ。

思い出した。この二人は駆け落ちして夫婦になったのだった。

本心では止めたいと思っていたとしても、飛び出していく娘を諌《いさ》めるのは確かに憚《はばか》られるのかもしれない。なんせ、二人が駆け落ちしなければ、ひなたも奈々海も生まれなかったのだから。

「そういうわけだから、お姉ちゃん。私、異世界で暮らすね」

「あ！　ちょっと、まだ話は！」

制止しようとするひなたを振り切り、奈々海が表口へと歩を進める。

バキッ。

「ぎゃっ」

奈々海が可愛らしい悲鳴を上げた。

見ると、キャリーバッグのキャスターが見事に壊れている。

「これは軸からいっちゃってるね……」

覗き込んだ正太郎が首を振った。修理は難しいようだ。

「う……ぐ……いいもん、リュックだけでも！」

そう言ってキャリーバッグを諦めて再び奈々海が表口へ歩を進める。

ブチッ。

「ぎゃっ」

今度はリュックの肩紐だ。

丈夫で幅広な化繊の肩紐が根元からすっぱりと切れて外れてしまっている。

「根元から切れているから、これは縫って修理はできないわね……」

鮮やかな切れ口を覗き込んで母の月子がそう言った。縫製とデザインの専門家が言うのだから、間違いないのだろう。

まるで何者かの意志が働いているかのようだ。

草平はなぜか真面目な顔をして、神棚に柏手《かしわで》を打っている。

「わーん」

床にへたり込んで、奈々海が泣いた。いつもまっすぐ前を向いている妹が。

泣いた妹をひなたが見たのは、いつ以来だろうか。

「……ね、奈々海はなんで異世界に住みたいなんて言い出したの？」

屈み込み、視線を合わせてひなたが尋ねると、奈々海はぷいと横を向いた。

「……お姉ちゃんが羨ましかったから」

羨ましい？　ただの家事手伝いに過ぎないひなたのことが？　奈々海の言っていることの意味が理解できずに、一瞬、言葉に詰まってしまう。

「私はそんな大したことはないよ。ただのアルバイトだし……」

「私の大好きなお姉ちゃんのことをそんな風に言わないで！」

目を見開き、奈々海が反論する。

「そりゃ確かに、お姉ちゃんはガサツだし大飯ぐらいだし、バカだし、デリカシーないし、椅子に座る時に股開いて座るし、プリンは勝手に食べるし、お客さんの前でお父さんと喧嘩しちゃうし、英語読めないどころかローマ字も怪しいし、機械にもめちゃくちゃ疎《うと》いけど、それでも私の自慢のお姉ちゃんなんだから！」

「奈々海……」

自慢の部分よりも罵《ば》詈《り》雑《ぞう》言《ごん》の方が多いような気がするのだが、それを指摘するとこじれそうなので黙っておく。

「お店が異世界に繋がっても特に気にせずにお客さんと仲良くなるし、楽しそうに働いてるし、パン作りもどんどん上手くなってるし、誰かのために働いてるっていうのがありありと……とにかく、私はお姉ちゃんが羨ましいの！　眩しいの！」

激しい剣幕に、思わず黙り込んでしまった。

奈々海がそんな風に見ているなんて、今までひなたは考えたこともなかったのだ。

自慢の妹は不出来な姉と違って頑張っているなぁとのほほんと考えていた。

そう考えると、色々と腑に落ちることもある。

奈々海は、奈々海なりに一所懸命だったのだ。

「奈々海……」

パンパン。

いつの間にかスマホでどこかに電話を掛けていた月子が手を叩く。

「はいはい。感動のお話はそこまで。とりあえず、大学事務に電話して、自主退学から休学に切り替えてもらったから」

「お母さん⁉」

「辞めてもいいし反対もしないけど、戻りたくなった時に戻れるところはあってもいいでしょ」

まぁ、それはそうだけど、と奈々海がごにょごにょ口ごもる。

「それとひなた。あなたもちょっと骨を折りなさい」

「えっ？」

◇

「いや、助かったよ」

三日後、げんを訪れたのはカミーユの兄であるクリストフ・ヴェルダンだ。

「文官として新しい仕事を任されたから、手伝いをしてくれる人が欲しかったんだ」

「よろしくお願いします！」

月子の出した条件は、「奈々海が異世界で就労するにあたって、信頼できる雇用者をひなたが探すこと」だった。幸いなことに就労は問題ないようで、奈々海はご機嫌で表口を出たり入ったりしている。

元々カミーユの顔立ちを奈々海も気に入っていたはずだし、問題ないだろう。

自画自賛するひなたの袖を、奈々海が引っ張った。

「何、奈々海？」

「……ありがと、お姉ちゃん」

照れた奈々海の背中をばんと叩き、ひなたは微笑んだ。

明日もきっと、いい日になるに違いない。

# 【閑話】炒《い》り胡《ご》麻《ま》を擂《す》りながら

異世界居酒屋「げん」

ごりごりと胡麻《ごま》を擂《す》る軽快な音が響く。

閉店後のげんで、草平は店で使う胡麻を用意していた。

店で擂り胡麻を買ってもいいのだが、自分で炒って擂ると香りがいい。

一人で店を見ている時にはなかなか手が回らなかったが、正太郎が来てくれてからはこういった細かいところに手をかけられるようになった。

店をやるというのは難しい。

ここまでやればいい、ということはなく、突き詰めれば際限なく仕事がある。

諦念《ていねん》と妥協《だきょう》に倦《う》まずに、最善を尽くさなければならない。

逆に言えばそれは自分の中の怠惰な気持ちとの戦いでもある。

先日、客に褒められた。

あれが草平は、なんとなく嬉しかったのだ。

店によく来てくれる客に褒められるのは、嬉しい。

同様に、色々な店を食べて回っている客に褒められるのもまた、嬉しい。

自分が弛《たゆ》まずに働いていると確かめることができた気がするからだ。

もちろん、居酒屋げんは特殊な店だということは理解している。

異世界に繋がった店。

材料も調味料も調理器具も調理方法も、全てが特別なものとして作用する。

自分は巨人の肩に乗っているだけなのだと自惚《うぬぼ》れを戒《いまし》め続ける必要があると草平は思っていた。自分の手柄ではなく、先人たちの手柄をお借りしている身の上だ。

だが、それでも味は嘘をつかない。

怠慢は味を落とし、食通には見抜かれる。

自分の仕事と、正太郎の仕事。

二人の仕事が食通に認められたことが嬉しいのだ。

それに、最近は気を使って妙な自戒をし続けなければならないわけでもないと思い直しつつある。

異世界にあるこの王都《バリシイア》の食の水準は、高い。

単純な技術を比較すれば、日本の方が進んでいる。しかし、食に懸ける情熱は王都が劣っているというわけではないのだ。

げんができたからと言って、周りの店が廃業したということもない。

街の人々にとって、居酒屋げんは「少し風変わりな居酒屋」として受け容れられている。それ以上でもそれ以下でもない。

それだけの懐の深さがこの街にはあるのだ。

「ねぇ、お父さん」

横で皿を洗っていたひなたが声を掛けてきた。

「ん」

昔から猪突猛進で考えるより先に身体の動く子だったが、最近は色々と物事を考えているらしい。

逆に妹の奈々海の方が思い切ったことをするようになったのが草平には面白かった。

誰に似たのだ、とは思わない。

草平にも月子にも同じようなところが少しずつある。

思い返してみれば自分たちの両親もそうだし、祖父母、曽祖父母と、縁を手繰《たぐ》れば、必ず誰かに似たようなところがあるものだ。

「奈々海の鞄、何で急に壊れたと思う？」

「……ああ」

昼間のことだ。

草平はそっと神棚の方を見上げた。

奈々海がこちらの世界で暮らしたいと、家出でもするかのような大荷物を抱えてきたのだ。大学院に進学したばかりで随分と思い切ったことをするものだと思ったが、別段、止めようとは思わなかった。

むしろひなたの方がそういうことをするかもしれないと以前は考えていたものだ。

「荷物を入れ過ぎたんじゃないか？」

「いや、そういうことじゃなくてさ」

受け答えするのが面倒というわけではないが、なんとなくこういう返答になってしまう。自分の見ているものをそっくり全部娘に伝えるつもりはなかった。

ごりごりと胡麻を擂る手は休めない。

妻の月子からは、言葉が足りないと昔からよく窘《たしな》められたものだ。

「リュックの肩紐も、切れたじゃない」

アラミド繊維だかなんだかいうとても丈夫なリュックだったそうだが、綺麗に切れていた。

どこであんなものを見つけてくるのだろうか。

今度、釣り竿も奈々海に探してもらおうと草平はぼんやり考えている。

「まぁ、切れることもあるだろう」

「うぅん……」

要領を得ない返答に、ひなたが口籠《ごも》った。

むぅと膨れてみせるところは、妻の月子の若い頃に似ている。

いや、月子は今も若いのだが。

「……私はね、多分、何か不思議な力のせいだと思うの」

「不思議な力、ね」

それはそうだろう。

十中八九、お狐様の力だ。

神通力とでも言うべきだろうか。

向こうへの移住は、ダメ。働きに出るのは、問題なし。そういう線引きがあってああいうことが起こったと考えるのが、一番スッキリする。だからと言って草平の口からそんなことは言わない。お狐様は必要とあれば出てくるだろう。出てこないということは必要がないということだ。

「きっと、不思議な何かが奈々海がこっちの世界に住むことを嫌がったんだよ。だから、不思議な力でスパーっと」

身振り手振りを交えて説明するひなたの目はキラキラしている。

思いつきを誰かに話したくて仕方なかったが、正太郎相手では馬鹿にされるかもしれないと思ったのだろうか。草平の見るところ、正太郎はそれくらいのことで馬鹿にしたりはしない男だが。

「まぁ、そういうこともあるんじゃないかな」

また言葉が足りないな、と反省する。

多弁である必要はないと思うが、言葉が少なすぎるのはやはり問題かもしれない。

ひなたは草平の返事を同意と受け取ったらしく、動作が更に大袈裟になる。

「でね、でね、なんでその存在は奈々海をこっちに住まわせたくないかというと……」

そこからはひなたの思いつきを延々と聞かされる羽目になった。

興味深い発想もあるが、ほとんどは単なる思いつきだ。

こういう時に話を遮ると、相手は途端に不機嫌になる。

月子との付き合いでそのことは十二分に経験した。

「……ということだと思うんだけど、お父さんはどう思う？」

「それほど不思議だとは思わないけどな」

ぽつりと漏らした返答に、ひなたはひどく驚いたようだ。

鳩が豆鉄砲を食らったような顔というのはこういう顔を言うのだろう。

正太郎にもこういう顔を見せているのだろうか。

そんな想像をすると、娘も大きくなったなぁと思ってしまう。

「なんでなんで？　不思議じゃない？」

「いや、なんで、と言われてもな」

擂粉木《すりこぎ》を置き、小指の先に胡麻を付けて味を見る。

ちょうどいい擂り加減だ。これなら胡麻の風味がよく引き立つ。

草平はまず表口を指さし、次に裏口を指さした。

何が言いたいのか分からないようで、ひなたは不満げだ。

「不思議というと、まずこの店が王都に繋がっていることの方が不思議じゃないか？」

「……あ」

また、鳩が豆鉄砲を食らったような顔だ。

人間というのは妙なもので、不思議な状況でも暫く経つと慣れてしまう。

異世界に繋がって、そこで店を営業できていることの不思議さに勝るものなんてそれほどないと草平は思っているのだが。

「はじめに森から虎が出てきたら、後から猫が出てきてもそれほど驚かないだろう？」

「あー、まぁ、そうかも」

よかった。

どうやらひなたは納得したらしい。

胡麻を容器に移しながら、草平はほっと胸を撫でおろす。

ここで話が収まらなければ、更に面倒な話になるかもしれない。

そうなるとあとあと面倒だということは、月子の時に十八分に凝りている。

「うーん」

一度は納得したひなたが、また思案顔になった。

考えながらも皿を洗う手を止めないのは偉いと草平は内心で娘を褒める。

いや、口に出して褒めるべきなのかもしれない。そういうところが言葉が足りないのだと月子に怒られるのだ。

「ね、お父さん、仮に神様か何かがいたとしてね？」

「ああ」

「なんでこのお店を王都に繋げたんだと思う？」

これはまた、核心を突いてきたな、と草平は胡麻の容器を拭きながら考えた。

草平の脳裏に、常連客の笑顔が浮かぶ。

思いつくことは色々あった。他にも地球と繋がっている店があるのだというなら、何らかの意図があるような気がする。

それとも単に気まぐれかもしれない。

ことり、と胡麻の容器をカウンターに置いて、草平は口を開く。

「神様の考えることだ。人間には分からんのじゃないかな」

えー、とひなたが口を尖らせた。

しかし、そうとしか言いようがないと草平は思う。

草平にできるのは、美味いものを作って、客をもてなすことだけだ。

それとなく神棚を見上げると、お狐様がうんうんと頷いているのが見えたような気がした。

# 就職祝い

今日はさっぱりしたものが食べたい。

そんなことを考えながらスージーは横丁の角を曲がる。

「なんか今日はさっぱりしたものが食べたいね」とミリアム。

同じことを考えていたようで、なんだか嬉しい。

頭の後ろで腕を組みながらぶらぶらと歩くミリアムに、スージーは思わずにやりと微笑んでしまう。

なんだよ気持ち悪い、と咎めるでもなくじゃれつかれて夕方の街をミリアムと二人で歩くのは、なんとも楽しかった。

夕暮れの王都《パリシィア》は家路を急ぐ人々でごった返している。

春から初夏へと移り変わるこの時期、気の早い夏の女神が発奮したのか、王都を含むこの辺りは急な暑気に悩まされていた。

ただでさえ日頃の労働で疲れているところに、暑さの追い打ちだ。これでは帰っても身が休まらないが、職場にしている貸し倉庫にいるのは余計につらい。

そうは言っても、家にいても蒸し蒸しするばかり。

脂身とクズ野菜を煮込んだスープにも飽き飽きしてきたから、外で食べようと相成ったわけだ。

このところ、貴族相手の取引が二件三件と続いて、懐が温かい。

ミリアムも食事当番を飛ばせるとあって大賛成で、二人して出掛けることになった。

目指す店は、居酒屋ゲンに決まっている。

驟馬《ミュレ》の牽《ひ》く色の剥げ掛けた二輪馬車と行き違った。

馭者台《ぎょしゃ》に衛兵の姿を見て身を竦めかけるが、思い直す。

別に疚《やま》しいところがあるわけでもないし、不自然なことをすれば却《かえ》って痛くもない腹を探られるものだ。

最近、王都で衛兵の姿をよく見るようになった。

治安が悪くなったということではなく、その逆だ。

巡邏《じゅんら》の回数が増えて、治安は肌で感じるほどによくなりつつある。

スージーとミリアムのように職業柄、大金を持ち運ばねばならない女性にとって、治安のよしあしはその街の住みやすさに直結するから、こうやって小まめに巡回してくれることはありがたいことだ。

女でも出歩けるくらいに治安がよくて、ちょっと思いついた時に美味い食事にありつける街。

それが二人にとって、いい街の条件だ。

「いらっしゃいませ！」

すっかり常連になった居酒屋ゲンのノレンをくぐる。

鼻腔を擽《くすぐ》る香りは、煮魚のものか。

これだけでスージーのお腹がぐぅと鳴った。

ちょうどさっぱりしたものが食べたい気分だったのだから、お誂《あつら》え向きだ。

ミリアムも同じ風に考えていたようで、顔を見ると口元が緩んでいる。

いつも通りにカウンターに腰を下ろそうとすると、先客がいた。

「づーがーれーだー」

確かナナミという少女だ。よほど疲れているのか、カウンターに突っ伏している。

この店の店主の二人娘の下の方。確かそのはずだ。

商売柄、スージーは人の顔も名前も家族関係や特徴もすぐに覚える。

ちょっとしたコツがあるのだ。

以前の仕事で身につけざるを得なかったコツだが、小間物商になって色々な人と会うようになった今では随分と助けられている。

ナナミはスージーとミリアムに気付くと、すぐに会釈した。

「お隣、いいかな？」

「はい、もちろん」

ミリアムが尋ねると、すぐに元気のいい返事が返ってくる。

気持ちのいい返事だ。

どこかで働き始めたのか、貴族の従僕風の恰好に身を包んでいる。

この子は商売に向いているなと考えながら、スージーは鼻を擦《わきま》った。

外面がいいのではなく、きちんと自分の見せるべき顔を弁《わきま》えている、という風だ。

姉の方は街酒場の気っ風のいい女将さんという風情だし、この姉妹はなかなか面白い。実に気持ちのいい姉妹だ。

「ヴェルダン家のクリストフ様の手伝いとして働きはじめたんです」

問わず語りに話しはじめるのを聞くと、やはりナナミは就職したらしい。

ヴェルダン家と言えばスージーでも知っている尚武《しょうぶ》の名門。

クリストフは時々店で一緒になる、カミーユの兄のはずだ。

仕事の内容は大して難しくないそうだが、とにかく気苦労が多いのだという。

「相手が貴族や大商人ばかりだから、とにかくいろいろ面倒で……」

「分かる。分かるよ」

スージーもミリアムも、言ってしまえば同じ立場だ。

出自の違い、身分の違い、文化の違い。

ナナミたち姉妹は他所の出身のようだから、乗り越えなければならない壁は猶更《なおさら》大きいだろう。

何の仕事をしているのか聞いてもスージーにはちんぷんかんぷんだが、法服貴族の手伝いなんて気苦労の連続に違いない。

「仕事なんて面倒なもんだ。特にはじめたばかりの頃は、な」

そう言いながらソーヘイがスージーとミリアム、ナナミにグラスに入った水を出してくれる。ただの水かと思えば微かにレモンの香りがして、飲み口が爽やかだ。ちょっとした気遣いがこの暑い日には嬉しい。

「まぁそれは分かってるけど」とナナミが呟く。

ナナミは頭のいい娘だが、働くのはこれがはじめてのようだ。

甘やかされていたわけではないだろうが、行儀見習いにも出されていないというのは町民の娘としては少し珍しい。

理想と現実。

きっとナナミは今、働くということの現実と直面しているのだろう。

自分がはじめて働きはじめた時のことを思い出して、スージーはほんの少し懐かしくなった。

織物や端切れなんかを扱う店で、読み書き算盤《アバキュス》はそこで覚えたものだ。

小さな町には珍しく、出窓のある店だった。

紆余曲折あって今のスージーがいるわけだが、出発点としては悪くなかったと思っている。

若い時の苦労は買ってでもしろという言葉をスージーは全く信じていない。社会に出たての苦労は自分で乗り越えるしかないものだ。

オトーシのホウレンソウのオヒタシが出てきた。ゴマの香りがふわりと香る。

どことなく郷愁を誘う香りだ。

ナナミがゴマの香りに目を細めている。きっと彼女にとってこれが懐かしい香りなのだろう。

こういう日にはなじみの味の方が嬉しいに違いない。

「ひなた、ちょっと梅干し取ってくれ」

はぁいとヒナタの生返事が表から聞こえる。掃き掃除をしているようだ。

ウメボシという食材はどこかに仕舞ってあるのだろう。

「お父さん、私が取ってこようか」

隣に座るナナミの言葉に、スージーもなんとなく立ち上がる。

「私たちも見ていいですか？」


タタミをよいしょっとナナミが持ち上げる。

下の板敷に蝶番《ちょうつがい》が付いているのを、スージーははじめて見た。

「こんなところに収納があったんだ……」

付いてきたミリアムがほえぇと驚きの声を上げる。

王都の家には町民のものでも地下室が設えてあるところが多い。

城壁に囲まれた街は面積が限られるから、空間を確保しようとすれば自然と上か下に伸びるしかなくなるのだ。

「ちょっと埃っぽいけど」

戸板を持ち上げると、階段が現れる。中は確かに少し埃っぽい。

だが、想像していたよりは片付いているように見える。

ナナミが手探りで壁の一部を触ると、ジジ……と音がして、地下室に橙色の灯が明々と点く。

どういう仕掛けなのだろうか。天井を見ると丸い硝子が明るく光っていた。

きっと、こういう種類のカンテラなのだろう。

「ね、ナナミちゃん。この照明って売ってもらえない？」

「あー、それは無理です」

それは残念、とミリアムと舌を出す。

この辺りで見ない品だから、きっと前に住んでいたところから持ってきたのだろう。

獣脂の蝋燭と違って臭いがしないから、貴族相手にいい商売になると思ったのだが、残念だ。

階段を下りると、三方の壁が棚になっていた。よく整理された棚には壺や硝子の瓶が行儀よく並んでいる。

「梅干し、梅干し……よく漬かったのから使わないとね」

ウメボシを探すナナミの傍らに付き添いながら、スージーとミリアムは珍しいものでもないかと辺りを見回した。

薄明りに目が慣れてくると、奥の方へ無造作に積まれた箱が目に入る。

「色々置いてあるね」

「町内会のお祭りで使ったものとか、全部放り込んでますから」

雑多な荷物の埃を払うと、布か紙製の何かや、飾りの幕が入っていた。

これだけの荷物、運んでくるのは馬車が何輌《りょう》要るだろう?

商売柄、愚にもつかないことを考えてしまうのはスージーの悪い癖だ。

土地によって、祭は違う。遠方の祭りに使うものなど、こちらに来れば役に立たない。それでも捨てずに持ってきたのは、思い出の縁《えにし》を残したい気持ちなのだろう。

「あったあった」

棚から梅干の壺を見つけたひなたが、ひょいと持ち上げた。

漬けた日付を貼ったウメボシやジュースの大甕《おおびん》が棚に並べられている。

スージーが甕の表面を撫でると、つるりとした感触が艶めかしい。

洗って繰り返し何度も使っているのだろう。

「家族の歴史、ね……」

なんとなく一人で呟いて、スージーは苦笑した。

今のスージーにとっては、ミリアムが家族ということになるだろうか。

上に戻ると、ナナミがウメボシの小壺をソーヘイに渡す。

これであとは料理ができるのを待つばかり。

どんな魚料理が出てくるのかは後のお楽しみだ
「ところでナナミちゃん、法服貴族の手伝いをするなら、必要なものってない？」

カウンター席に腰を落ち着けると、ミリアムが早速商談を仕掛ける。

「そうですね……羽根ペンと羊皮紙に、あと矢立っていうんですか、あの持ち運べるインク壺」

「ああ、分かる分かる」

相槌を打ちながら、頭の中で算盤を弾くスージー。

庶民相手にはなかなか売れない品物だから、在庫がだぶ付き気味の商品だ。在庫を捌くために少し値を下げてもいいかと思うが、ミリアムは強気に吹っかける。

しかし相手をするナナミもさる者。

値切って躱して値段はそのままでいいからおまけをつけてと中々の交渉上手だ。

丁々発止《ちょうちょうはっし》のやり取りだが、お互いに楽しんでいるようなのでスージーも口を挟むことはしない。

「じゃあこうしましょうか。ヴェルダン家で何か入用なものがあった時に、お二人にもそれとなく相談しますよ」

「うぐ……それはかなりの好条件」

むしろミリアムよりもナナミの方が頭の回転は速いかもしれない。

今度何かの商談の時にナナミに立ち会ってもらおうかと考えてしまう。

「鰈《かれい》の梅煮、お待たせしました」

ヒナタが魚の皿を持ってきた。

「おぉ」

香りがいい。

前に調味料を聞いてみたのだが、ショーユやミリンなど、スージーが名前すら聞いたことのないものばかりだった。

商機がありそうな気もするが、この芳しい料理を前にするといつも、細かいことはどうでもよくなってしまうのだ。

ナナミもミリアムも、目を細めて香りを楽しんでいる。

白身魚の切り身の隣にさっきのウメボシがちょこんと乗っていた。

聞けばこのウメボシが料理全体をさっぱりと仕上げるのだそうだ。

「さてさて、お味の方はっと」

ヒナタはナイフ、フォークとハシの両方を並べてくれたが、スージーは前者を選ぶ。

ミリアムの方はナナミが器用にハシを使うのを見て、対抗意識を燃やしたようだ。

おっかなびっくり、慣れないながらもハシに挑戦している。

ナイフを入れてみて、スージーは驚いた。

まるで蕩《とろ》けるように骨から身が外れる。

こんなに簡単に骨から外れる魚を食べるのは、はじめてのことかもしれない。

口に含むと、自然に表情がほぐれる。

柔らかい。

そして、滋味《じみ》豊かだ。

さっぱりとしているが、しっかりと味がついている。

「レーシュ！　レーシュください！」とミリアムが注文する。

私も同じものを、とスージーも追いかけて注文した。

キリリと冷えたレーシュに口を付けると、さらりとした清涼さが口の中を洗い流してくれる。

隣で食べるナナミにも、ヒナタがレーシュを持ってきた。

「頼んでないけど？」

「就職祝いよ」

「……ありがと」

硝子の盃を両手で捧げ持つようにして、ナナミがレーシュを飲む。

細い喉がこくり、こくりと動くのを見ていると、なんとなくこちらまで嬉しくなる。

こういう家族の姿もあるのだな、と胸が温かくなるのをスージーは感じた。

「ミリアム、今日は飲むよ」

「え、あの、それは嬉しいけど。いいの？」

「いいのいいの。景気づけ、景気づけ」

美味い魚に美味い酒。それに、家族。

こういう夜こそが、本当に大切なものなんだろうな、と思う。

カレイの身を、もう一口。

やっぱり、美味しい。

次こそはハシに挑戦してみようかな、と思うスージーであった。

# あの味、この味

異世界居酒屋「げん」

「ヌックマム」

「ニョクマム」

「ヌックマムです。ヌ」

「ニョックマム……？」

　正太郎に続いて草平が発音するが、どうしてもニョクマムになる。

「日本に入ってきた頃はニョクマムって呼んでたんだがなぁ」

　頭の後ろをばりばりと掻きながら草平が独り言ちた。

　横で二人のやり取りを見ながら、ひなたはメモを取る。

　プロの料理人の二人には蓄積があるからさっさと感覚でやっていくが、ひなたはついていくのがやっとだ。

　後で真似しようにも、メモがないと何もできない。

　ヌックマムはベトナムの魚醤《ぎょしょう》だ。片口鰯《いわし》を塩漬けにして発酵させ、その上澄みを濾す。フォーや春巻きにタレとして使う調味料だ。

しょっつるやナンプラーと同じ仲間の調味料で、ベトナム料理には欠かせない。

魚醤といえば最近大手イタリアンレストランチェーンでも使われるようになったガルムソースはイタリアの魚醤だから、世界中に似たような調味料があるのだろう。

正太郎が居酒屋げんに持ち込んだ調味料の数は膨大だ。

世界中から買い集めた調味料には珍しいものも多く、日本では紹介されていないものもあった。

ヌックマムはその中では比較的有名な部類に入る。

ベトナム料理といえばヌックマムというくらいに欠かせない調味料なので、草平もその存在は昔から知っていたようだ。染みついた知識というのは厄介で、何も知らないよりも却って修得を妨げるものもあるらしい。

そういう経験は、ひなたにもあった。

下手に製パンの知識があるから、正太郎に料理を習う時に混乱してしまうのだ。

習う時は無心になって一度そのまま受け容れた方が、覚えは早くなる、と最近では割り切っている。

今日は草平に頼まれた正太郎がベトナム料理を教えていた。

「それにしてもベトナム料理を覚えたい、っていうのはどういうことなんですか?」

牛すね肉と牛すじ、それに玉葱や生姜、大根といった野菜で取っているスープの具合を見ながら正太郎が尋ねると、草平は少し照れ臭そうに口元をもぐもぐさせる。

「……お母さんに食べさせるんだよねぇ」

うりうりとひなたが肘でつつくと、草平がぼそりと、

「ま、記念日だからな」と答えた。

へぇ、と正太郎が感心する。

「羨ましいです。結婚記念日に相手の好きなものを作るなんて」

「あ、結婚記念日じゃないよ」

「え？」

「はじめて手料理を作ってあげた記念日、だったよね」

ああ、そうだ、と顎を人差し指で掻きながら答える草平は、恥ずかしそうに視線を逸らした。

歳は離れているし、生活スタイルの違いから別居こそしているものの、ひなたの両親の夫婦仲はとてもいい。世間一般でも草平と月子のような夫婦が当たり前だと思っていたひなたは、小学校、中学校時代は周囲とのギャップに悩まされたものだ。

今年ベトナム料理を作ると言い出したのも、先月ベトナムへ行った月子が、料理が美味しかったからまた食べたいと言い出したからに違いない。

月子に手料理を食べさせたいのはもちろんだが、他の人間の作った料理を目の前で褒めされるのに少し妬《や》いているのだ、ということをひなたは知っている。

「ひとくちにベトナム料理といっても、色々あります」

ベトナム料理店でも一時期鍋を振るっていた正太郎による講座は面白い。なにせ、バックパックを背負ってベトナムまでわざわざ料理修業へ行ってしまったというから筋金入りだ。

「南北に長い国で、だいたい日本と同じくらいの長さがあるんですよ」

そりゃ凄いな、と草平が野菜を切りながら答える。

草平の話によると、ひなたの母である月子が行ったのは北のハノイだというから、今日は北部の料理が中心だ。

ひなたも草平もベトナム料理と言えば麺料理のフォーと生春巻くらいしか分からない。だから、メニューも全部、正太郎任せになっている。

「フォーっていうのは、鶏肉じゃないのかい？」

牛すね肉で取ったスープの味を手塩皿で確かめながら、草平が尋ねた。

「日本では鶏肉の出汁を使ったフォー・ガーが有名ですけど、あちらでは牛のフォー・ボーも多いですね」

日本でも雑煮なんて聞けば聞いただけ種類があるもんだしなぁと草平が妙な感心の仕方をする。

今日作るのは、牛肉のフォーだ。

鍋から優しい牛肉の香りが漂うと、ひなたのお腹がくぅと鳴る。

「なんか美味そうな匂いがするぅ」

香りに誘われるようにして入ってきたのは、近くの大学で法学を学ぶマチューとガブリエルだ。

「いらっしゃいませ！」

「いらっしゃい」

「ラガー！　それとこの美味しそうな匂いがするやつを二人前！　あと何でもいいから腹に溜まるもの！」

椅子に座るか座らないかのうちにマチューが注文する。

同じもので構わないのかとひなたがガブリエルに目線で念のために確認すると、小さく肩を竦めた。

最近よく来るようになった二人はいつもこんな調子だが、仲はいい。

二人はいつでもお腹を空かしている。ところ変われど学生の原具合は変わらない。

食べっぷりがいいのを気に入っているのか、盛り付ける時に草平が少し多めにしているることにひなたは気が付いていた。

同じように、カミーユに料理を出す時にも少し多めに盛ってある。

「そういえば、バンジャンマンは？」

ガブリエルが尋ねると、マチューが気取った様子で肩を竦めた。

マチューは顔がいいので、こういう何気ない所作がいちいち絵になる。

「追試。前回の幾何学がギリギリでダメだったんだってさ」

「マチューは試験パスしたのか？」

「ノンノン、オレはそもそも追試を受けられるところにまで届かなかっただけさ」

「……ダメじゃねぇか」

二人の様子を見ていると、過ぎ去りし学生時代が思い返されて懐かしい。

「お待たせしました！」

二人前のフォー・ボーとビールのジョッキの乗ったお盆を器用に持って、リュカが運んでいく。

ほんの少し前に皿洗いとしてやってきたはずのリュカの成長は目覚ましく、サーブの腕前は今やひなたが驚くほどだ。

氏か育ちか、という議論はひなたにはよく分からないが、少なくとも本人のやる気が成長の理由だということだけは間違いがない。

「ほぉ、麺料理《ヌイユ》か」

目を細めて胸いっぱいにフォー・ボーの香りを堪能しながら、マチューが呟く。

聞けば東王国より南の国では麺料理がよく食べられるそうだ。

マチューはあちらの方の国から遥々嫁いできた未亡人とのデートで手料理を振舞ってもらったという。

東王国《オイリア》の王都《パリシィア》は、人種の坩堝《るつぼ》だ。

髪の色、瞳の色、肌の色。

色々な出自の人が交じり合って暮らしている。

ひなたがちょっと店を出て散歩をするだけで異国情緒溢れる暮らしを垣間見ることができた。それだけに、王都には色々な料理が食べられる。少し変わったものを出しても、驚かれることはほとんどない。

この店が警戒されることなく受け容れられる素地はここにあるのだろう。カレーうどんのように香辛料を使う料理が驚かれることはあっても、「面白い料理を出す店」の範疇に入ってしまうのだ。懐の深い街だ、とひなたは思う。

「うん、美味い」

ガブリエルがフォー・ボーを頬張った。

八角の香りをものともせず、二人は器用にフォーを手繰る。

つるり、とした麺はやさしい牛の出汁とよく合う。

うどんとも素麺とも違う食感の麺は、ひなたも大好物だ。

「この油条《クワイ》を浸して食べて下さい」

正太郎が差し出した油条を受け取ると、マチューが千切って口に運んだ。

「汁が沁みて美味い」

サクサクとした油条という棒状の揚げパンは汁に浸すと味が滲みて、美味しい。

まだ滲み切っていないところと味の滲みたところの食感の違いが口の中で楽しめるのもよいところだ。自分好みに食感を堪能できるのは嬉しい。

美味い美味いと手の止まらない二人の目の前で正太郎が春巻きを揚げはじめる。

「へぇ、揚げちゃうんだ」とひなたが尋ねると、

「ベトナムでは生の春巻きが有名だけど、フォーのお供には揚げ春巻きも多いんだよ」

と正太郎が答えた。

バチバチバチバチバチバチバチと気持ちのいい音が響き、食欲をそそる揚げ物の香りが店内に広がる。

「あー、これはラガーの合うやつだな」

「間違いないな」

マチューとガブリエルがうんうんと頷きあった。

「バンジャンマンも来ればいいのにな」

「バンジャンマンは本当にダメな奴だな」

三人はよほど仲がいいようなのだが、タイミングが悪いのか、ひなたは一度もバンジャンマンを見たことがない。

「はい、揚げ春巻きお待たせしました!」

具は豚の挽肉と蟹と春雨にキクラゲ。

つなぎの卵と黒胡椒とにんにくで味を調えてある。

「ほほぉ」と賛嘆《さんたん》が漏れた。

青パパイヤのソースを垂らすと、実に美味しそうだ。

あとでにんにく抜きの分を作ってもらって試食しないといけない。

「さて、お味の方は、っと」

ばりっといい音を立てて、マチューが揚げ春巻きを噛る。

ほふほふと熱さを堪えつつ、そこにラガーをぐびっ。

一口噛っては、またぐびっ。

「あああぁ、堪らんなぁ」

ぷはぁと口元の泡を拭いながら、満面の笑みを浮かべるマチューとガブリエル。

次の料理は、バイン・ミー。

ベトナム風のサンドイッチだ。

味付玉子焼きのものや香草で香りを付けた焼肉を挟んだもの、レバーパテを挟んだものと具材は何種類もある。どれも美味しそうだ。

日本のサンドイッチとの違いは、パンがフランスパンだということ。

もちろん、パンはひなたが焼いた。

小麦の香りがしっかりとする、パリっと焼き上がったパンで作ったサンドイッチ。

これが美味しくないということがあろうか。いや、ない。

美味い美味いというマチューとガブリエルの声とフォー・ボーの匂いに誘われてか、次々と客が増えていく。

「こっちにその麺料理！」

「パン《バゲット》で挟んだやつをください！」

飛ぶように料理が出て行くので、正太郎は大忙し。

正太郎の指示を受けながら草平もテキパキと料理を作っていく。

果たして月子のためにベトナム料理を覚えるという目的が達成できているのかどうかは分からないのだが、いつも通りの無表情ながらに口元は満足げなので、いいことなのだろう。

ベトナム風の焼きそばやデザートも飛ぶように売れる。
そういえば、奈々海のためにお弁当を作るというのはどうだろうか。
バイン・ミーなら作るのも簡単だし、腹持ちもいいだろう。
そんなことを考えながら、リュカと一緒に接客をこなしていく。
「……しかしこの料理、どこかで食べたような気がするんだよなぁ」
お代わりした揚げ春巻きを齧りながらマチューが呟くのを、ひなたは聞き逃さなか
った。ひょっとして、他にも地球に繋がっている店があるのだろうか？
そうだとすると、どんな人が経営しているのだろう？
あまりの多忙さに、マチューの気になる言葉を問い質す暇もないまま、王都《パリシィア》の夜は
更けていった。

# 奈々海のお弁当

異世界居酒屋「げん」

妙に空気がそわそわしている。

今日のげんはいつも通りの営業のはずなのに、この落ち着かない雰囲気は何なのだろうか。

お通しの厚揚げとぜんまいの煮物を出しながら、ひなたは、首を捻った。

居酒屋げんはありがたいことに開店早々から今日もなかなかの客の入り。

酔客たちが歓談するテーブル席はいつも通りに和気藹々としているのだが。

カウンターには、よく見る三人が座っている。

〈食通〉のラ・ヴィヨン卿。

〈勅任パン監察官〉のクロヴィス・ド・フロマン。

そして食いしん坊のカミーユ・ヴェルダン。

いや、食いしん坊は失礼か。奈々海の雇用主の妹だから取りあえずの敬意は払っておこう。

〈国王の楯〉に所属する、男装の女性騎士。

……やはり、少しイメージに合わない気がする。

奈々海といえば、クリストフの下で元気に働いているようだ。働いているといっても、雇用主であるクリストフ自身が文官としての試験に合格したばかり。

今は色々な文官の仕事を見学し、実際に業務に就いて研修する段階なのだとか。

奈々海に言わせれば現代日本の法曹関係者の司法修習制度のようなものらしい。

シホーシュ一シューだとかセイトウテキシュウヘンサンカとかOJTとか言われてもひなたにはピンとこないのだが、奈々海がしきりに感心していたところをみると、立派な仕組みなのだろう。

毎日帰ってきては、今日は内蔵寮を見学した、今日は造幣局、昨日は兵庫省王国弩《ど》兵《へい》総監室を、明日は王城水利管理役人室だと忙しそうだ。奇譚拾遺使という職場では東王国の内外から収集した珍しい話を編纂《へんさん》する仕事を手伝ったのだという。

充実している妹を見るのは、姉として嬉しい。

今日は確か泊まりがけで御料林監督官の仕事を見学に行っているはずだ。

奈々海はこの研修制度で様々な仕事を見ることができるという点を評価しているようだが、多分この仕組みを考えた人は、色々な人と知り合いになることも重視していたのではないだろうか。

仕事とは畢竟《ひっきょう》、人と人のコミュニケーションに帰結する。

文官の仕事はひなたには想像さえできないが、何かの融通《ゆうずう》を頼む時、顔を知っている相手とそうでない相手とではスムーズさに差が出るだろう。

特にこちらの世界では知り合いがいないに等しい奈々海にとって、この経験は奈々海自身が考えているよりも大きいのではないか、とひなたはぼんやり考えていた。

今日のぜんまいはコチコチの干しぜんまいから草平と正太郎が戻して炊いたものだから、味が濃くて美味しい。炊いた後に一度冷まして再度温めているので、濃い味のつゆが厚揚げにもぜんまいにもしっかりと染みている。

ひなたも味見をしたが、こりこりとしたぜんまいの食感が口に楽しい。

東王国《オイリア》でも山菜は食べるそうだが、ぜんまいはリュカもはじめて見るそうだ。物珍し気に戻し方から調理法まで尋ねていたが、味見をしてすっかり気に入ってしまった。

「……美味い。これにはアツカンが欲しいな」

「ラ・ヴィヨン卿もそう思いますか」

「こっちにはホッピーを！」

ラ・ヴィヨンもド・フロマンもカミーユも三者三様にお通しに舌鼓を打っている。

水煮のぜんまいは手軽だ。

だが、干しぜんまいを手間をかけて戻すとまた格別な美味しさがある。ぜんまいが褒められて、ひなたは自分のことでもないのに誇らしい気分になった。

それにしても、やはり空気がおかしい。

三人は視線を彷徨《さまよ》わせてみたり、互いに肘で突っつきあったりしている。

何かを待っているのか、或いは何かを言い出せずにいるのか。

正太郎も気になっているようで、ひなたと視線が合う。草平はいつも通り、気にしていない。長年居酒屋をやっていると客の機微など気にならないのだろうか。

「えっと……」

意を決したひなたが声を掛けると、三人がびくりと身を縮めた。

「どうかしましたか？」

「あー、いや」とラ・ヴィヨン卿。

「実は、食べたいものが」と恥ずかし気なド・フロマン。

「あってだな……」とカミーユは上目遣いだ。

もじもじと白状する三人にひなたは右の人差し指でぽりぽりと頬を掻く。

何も遠慮せずに注文してくれればいいのに、と思うのだが。

ここは居酒屋だ。注文されたものを出すのだから、注文するのを恥ずかしがることなどないはずだ。

もちろん、作れないものは作れないし、出せないものは出せない。

それでも草平と正太郎、それにリュカがいれば、大体の料理は作れるような気がしてしまう。

「ご注文ですね、何にいたしましょう」と改めて正太郎が尋ねた。

厄介な料理でなければいいのだけれど、とひなたは少し身構える。

謎かけのような料理が出てこなければいいのだけれども。

尋ねるとまた、三人が顔を見合わせる。

おずおずと口を開いたのは、食通で知られるラ・ヴィヨン卿だった。

「パン・ド・ヤキソバ、という料理だと思うのだが……」

パン・ド・ヤキソバ。

つまり、焼きそばのパン。

注文を聞いて、ひなたはすぐに思い当たった。

「ああ！　奈々海の！」

三人が、うんうんと頷く。

焼きそばパンは最近の奈々海のお気に入りだ。

書類を見ながら片手で食べられるのがいいらしい。

最初は色々なサンドウィッチを作っていたのだが、ここのところは焼きそばパンのリクエストが多くなっている。

当然、市販の焼きそばパンではない。

ひなたが焼いたバゲットに、正太郎の焼きそばが挟んである特別製の焼きそばパンである。

ヒントになったのは、先日作ったベトナム料理だ。

ベトナム料理の、バイン・ミー。

バゲットに色々な具材を挟むベトナム風サンドウィッチのバイン・ミーに、焼きそばを挟んだら面白いだろうと思ったのがきっかけだった。

ベトナム料理にもミーサオという焼きそばがあるので、試してみたら意外にいけたのだ。自慢ではないが、挟むバゲットは美味しいに決まっている。そこに少し濃い目に味付けをした焼きそばを挟めば、不味くなろうはずがない。

忙し過ぎて昼食を摂る暇がないと愚痴を溢していた奈々海のためにひなたが毎朝作って弁当として持たせているのだ。

柔らかめに焼いた小ぶりのバゲット（より正確に言うなら、クッペ）にバターをたっぷり塗って中に焼きそばを挟む。彩りには紅しょうがを。

中の焼きそばも外のバゲットも飽きないように毎日少しずつ変えてある。

奈々海だけでなくクリストフも気に入ったそうで、最近では毎日二人分の焼きそばパンを作るのがひなたの日課になっていた。

シンプルなだけに、奥が深い。

正太郎と相談しながら中の焼きそばに合わせてバゲットの配合や焼き具合を変える試行錯誤は、ひなたにとってもいい勉強になる。

冷めても美味しいように。

持ち運んでも崩れないように。

そしてもちろん、栄養バランスが偏らないように。

しかし、まさかそこまで人の目を引くとは想像外の事態だ。

先ほどまでの妙な沈黙が嘘のように、三人が弁明をはじめる。

「あちこちの文官から、食通なら知っているだろうと尋ねられて……」

「勅任パン監察官に知らないパンはないだろう、と……」

「食いしん坊のお前なら……いや、当のクリストフの妹なら何か知っているに違いない、と」

東王国中央の官衙《かんが》に勤める官僚や文官、法服貴族は総じて新しい物に目がない。

流行や噂に通じていることは、同輩より一歩先んじることを意味する。

生き馬の目を抜く文官の社会で少しでも優位に立つには、何よりも情報に耳敏《みみさと》くなければならないのだ。

当然、研修に来た文官見習いとその従者が見たことのないバゲットを食べているというような椿事《ちんじ》は、どうしても目を引く。

ところが文官たちは競争心が強く誇り高いので、範を垂れる相手である文官見習いや従者に弁当について尋ねることができなかった。

そこで今日ここにやってきた三人にそれぞれ別方面から調査の依頼をした、というわけだ。

「で、やはりパン・ド・ヤキソバはここのレシピなのかね？」

「クリストフに尋ねた文官も、名前しか聞き出せなかったのだ」

「似た料理がゲンで出ていたって聞いたから……」

言ってくれればすぐにでも作ったのに。

ちょうど翌日分の仕込みが終わっているから、パンも焼けばいいだけだ。奈々海の分はまた後で仕込めばいい。

「焼きそばパンですね。少々お待ちください」

注文が決まれば、あとは動くだけ。

正太郎も草平も動き出し、焼きそばの準備に取りかかっている。

パンを焼くために引っ込むからお客さんをよろしく、と頼もうとすると、リュカと視線が合う。

こくり、と頷いてみせるリュカは頼もしく、何の心配も必要なさそうだ。

腕まくりして、パンを焼くために奥に入る。

誰かのためにパンを焼くというのは、気持ちのいいものだ。

ひなたがパンを焼いている間にも、カウンターでは三人の話がはずんでいる。

「やはり、妙な料理の噂があれば、ここに来てみるべきだな」

「パン、と聞いた時に、もしやとは思ったのですが」

「私が目をかけている店、というだけのことはあるな」

さっきまでのおっかなびっくりといった風はどこへやら。自分たちの想像が当たっていたことに気をよくしたのか、酒の方も進んでいる。

「そういえば、奈々海ちゃんの話は聞いていますか？」

焼きそばを調理しながら正太郎が水を向けると、ラ・ヴィヨン卿が膝を打った。

「そう、お宅のお嬢さんは大したものだな」

なんでも、ヴェルダン家の若当主の連れている従者がなかなかやる、というのは、貴族の間でも噂になっているそうだ。

「その話なら私も聞きましたよ」とド・フロマンが引き継ぐ。

とにかく、物覚えがよく、頭の回転が速い。

一を聞いて十を知る。

人をよく見ていて気が利くので、万事にそつがない。

段取りの組み方がよいので、はじめて見学に来たところでもちょっとした改善点を提案したりもするそうだ。

それでいて雇用主をしっかり立てるので、無駄な諍いを起こすこともないという。

「兄上が文官仲間からやっかまれているそうだぞ。どこでこんな従者を見つけて来たんだって」

いつの間にか追加で注文していたじゃがいものオムレツを頬張りながら、カミーユが付け加えた。

へぇ、と正太郎の口角が微かに上がり、笑顔になる。

奈々海は店に帰ってきても仕事のことは全く言わない。

父である草平も口にこそしないが、はじめての就職、それも別の世界での仕事を不安に思っていたはずだから、この話を聞いて内心ほっとしているだろう。

一緒に働くようになって分かったが、草平という人は無口なだけで、人一倍色々考えている。

それをいちいち口に出して説明しないだけだ。

きっと、奈々海のことも色々と考えていたに違いない。

パンの焼き上がりまで二十分ほどあると伝えると、正太郎はせっかくなら、ということで焼きそばも色々と作りはじめた。

ウスターソースを使ったオーソドックスなソース焼きそば。

オイスターソースで味付けしたどこか懐かしい上海風焼きそば。

素材の味をしっかり活かした塩焼きそば。

作り慣れた焼きそばということもあって、さすがに草平の手際は澱《よど》みなく、手早い。

じうじうとソースの焦げる香ばしい香りが漂いはじめると、カウンターの三人だけでなく、他のお客さんたちも目を細めた。

屋台の焼きそばに思わず引き寄せられる、あの魔性の香りだ。

焼きそばを炒めながら、この香りもご馳走だな、と正太郎は思う。

「焼けたよー」

手にミトンをはめたままのひなたがパンを運んでくると、小麦の香りがふわりと店内に広がり、ソースの香りと混じり合った。

カウンターの三人は、待ちきれないという風に正太郎の手元を見つめている。

ザクッとバゲットに刃を入れる小気味のいい音。

そこにバターを心持ちたっぷり目に塗り、焼きそばを挟む。

バゲットに挟むのはいつもどおり紅しょうがにしてもよかったのだが、今日は味のいい新生姜を選んだ。

「お待たせいたしました」

食べやすく一つのバゲットを二つに斜め切りにした焼きそばパン。

三人の喉が、ごくり、と動く。

「……では」

恐る恐るといった風に、三人が焼きそばパンに手を伸ばした。

パリッ。

焼きたてのバゲットは柔らかめに焼いたとはいえ、店中に食べる音が聞こえそうなほどにパリッと焼き上がっている。

「んふ」

ラ・ヴィヨン卿が、相好を崩し、奇妙な呻きを漏らした。

「これはこれは……」

ド・フロマンは満面の笑みを浮かべてゆっくりと味わう。

はぐはぐと何も言わずに食べているのは、カミーユだ。感想を言う暇もなく味わっているのが、何よりの感想、ということだろうか。

ひなたも味見に一つ口へ運んだ。

焼きたてバゲットのパリッとした食感と共に濃厚な小麦の香りが押し寄せる。

その後に濃厚なソースの味わいと麺のもっちりとした食感が何とも嬉しい。

爽やかな新生姜と青のりも、実にいい味を出している。

味見をしている正太郎も満足そうだ。

ウスターソース味だけでなく、オイスターソース味、塩味も味見するが、どれもいい塩梅に仕上がっている。

三種類は作り過ぎてしまったかと思ったのだが、他のお客さんたちも釣られて注文しはじめたので、むしろ足りないかもしれない。

カミーユが追加のバゲットを焼いてくれと注文したところで、がらりと引き戸が開いた。

「つかれたー……」

今日もしっかりと働いてきたのだろう。従者姿の奈々海は疲れ果てていた。

「お帰りー」とひなたが迎えると、奈々海の鼻がひくひくと動く。

「あれ？　今日は焼きそばパンパーティーか何かなの？」

不思議そうに尋ねる奈々海に、手元の作業から視線を動かさないままで、草平が告げる。

「奈々海、お前、仕事頑張ってるんだってな」

それを聞いて、奈々海の顔が真っ赤になった。

「え？　いや、ちょっと待って、なんで仕事のこと知ってるの！」

店内を見回し、カウンターの三人に気が付く。

察しのいい奈々海のことだ。それだけでどういう経路で情報が伝わったのかを悟ったようだ。

「もう！　職場でのことは家で言わないようにしてたのに……」

しっかりと頑張っているのなら、伝わってもいいじゃないかとも思うのだが、ひなたにも奈々海の気持ちが分からなくはない。

ぷりぷりと怒る奈々海をまぁまぁと宥め、正太郎が焼きそばパンを手渡す。

こうして、東王国王都の文官社会を一時的に騒がせたパン・ド・ヤキソバの謎は解決されたのだった。

翌日から、主人の分のパン・ド・ヤキソバを求めて居酒屋ゲンに文官の従者たちが長蛇の列をなしたのは、また別のおはなし。

# 三人と〈密命〉

「やっぱり、ここしかないよなぁ……」

王都《パリシィア》の新人衛兵、ヤンは腕を組んで口を尖らせた。

視線の先にあるのは、居酒屋ゲン。ヤンたち三人組の、行きつけの店だ。

しかし、今日のヤンは一人きり。

それもそのはず。ヤンは今、重大な〈密命〉を帯びてここにいるからだ。

日もとっぷり落ちた王都の通りは家路を急ぐ人たちで賑わっている。

雑踏に背を向け、建物の陰に身を潜めるヤンの視線は鋭い。

ヤンに命じられたのは、「とにかく美味い店を探せ」ということだった。

変な〈密命〉だ。

だが、きっと重要なことなのだろう。

なにせこの〈密命〉はヤンが聯隊長《れんたいちょう》から直々に命じられたものだった。

ヤンたち新人衛兵の上司は、伍長だ。伍長の上司が、軍曹。その上に小隊長がいて、中隊長がいて、一番上に聯隊長がいる。

ている。


東王国《オイリア》国王ユーグ陛下から勅許を受けて聯隊を編制する聯隊長が、部隊で一番偉い。

ヤンたち三人のいる聯隊の聯隊長は雲の上のような人で、塔伯《ヴィコンテ》という爵位まで持っている。

王都で衛兵をしていれば貴族なんて見飽きるほどに見ているが、爵位持ちとなると数は少ない。つまり、とても偉いのだ。

そのとても偉い塔伯たる聯隊長から直接下命されたのだから、〈密命〉は重要な任務に違いない。

忘れてはならないのは、トビーでもカンタンでもなく、このヤンに命じられたということだ。

いつもつるんでいて仲のいい二人だが、確かにヤンの目から見ると「エーヘーとしてのテキセイ」に問題がある。

いや、訓練教官たちからはヤンも十把《じっぱ》一絡《ひとから》げで同じように叱られるのだが、ちゃんと見ている人は見てくれているということだ。

塔伯《とうはく》に自信を持って推薦できる店。

普段のヤンなら考えたこともない店選びの基準だった。

美味くて安い。

それがヤンと二人の親友にとって一番大切な店選びの条件だ。

腹がふくれればなおのことよろしい。

塔伯に勧めるには、どういう店がいいのだろうか。

条件は「美味い店」ということだけれども、値段はどうなのだろう？

高くてもいいなら、ヤンに尋ねることはないだろうから、やはり安い方がいい気もする。

そういうわけで今夜のヤンは、一人で居酒屋ゲンにやってきた。

少し離れた場所で身を潜めて様子を窺っているのは、〈密命〉のもう一つの条件に関係している。

「とにかく安全な店、ね」

居酒屋ゲンが安全かどうかなんて、気にしたこともなかった。

そもそも飲みに行く時に、その店が安全であるかどうかなんて久しく気にしていない。

ヤンは衛兵だし、安全でない店を安全にするのが衛兵の仕事だ。

少々の悪漢やごろつきなら、衛兵を見ればそそくさと立ち去るか、そうでなくても声を顰《ひそ》める。たまに酒を飲んで暴れる奴もいるが、そういう奴はしょっ引いて留置所で一晩ご宿泊願うという寸法だ。

それに酒を飲んだ奴が暴れたところで……

と思ったところで、ヤンは普段なら両隣にいる二人のことを思い出した。

トビーとカンタン。

見習い時代からずっと一緒につるんでいる、同僚だ。

酒場で酔っぱらいをぶっ飛ばす時も、いつも一緒だった。

しかし。

この〈密命〉を成功させてしまえば、きっとヤンは出世する。

出世してしまう。

そうなると三人で一緒に警邏《けいら》に出たり、飲み歩いたりすることはなくなるのだろうか。少し寂しい気もするが、こういうのは相手のことを気遣わねばならない。

上司と一緒に飲むのは気詰まりだろうしな……

いや、でもそんなことでは友情は壊れない。

二人もきっと理解してくれる。

でも他の衛兵たちからは、ヤンが依怙《えこ》贔屓《ひいき》されていると見られないだろうか……

深刻な人生の問題について考えながら居酒屋ゲンを覗いていると、道の向こうにある物陰で不審な人影が動いた。それも一つではない。二つだ。

少し離れた場所にいる不審な二人の人物……

ヤンの脳裏にひらめくものがあった。

まさか、他国の密偵ではあるまいか。

噂と与太話が飯と酒より大好きな厩舎の爺さんが密偵の話をしていたのを思い出したのだ。

これは〈密命〉の最中に遭遇できた、思わぬ収穫かもしれない。
帝国の密偵組織、〈硝石収集局《しょうせきしゅうしゅうきょく》〉の連中だろうか。
はたまた、聖王国《ルブシア》の〈法主《ほっす》の長い手〉だろうか……
腰に下げた警棒を握る手に、力が籠った。
気付かれないように、抜き足差し足でそっと近付いていく。
旅芸人の息子であるヤンにとっては、気配を消すなど洗顔前だ。
幸いなことに、二人はこちらのことを気にする様子もない。
お互い連携を取るつもりで動いているのか、近くにいるのも好都合だ。
今だ。
警棒を振りかぶり、片方の影の頭に振り下ろす。
その瞬間、人影が振り向いた。
「あれ、ヤンじゃん」
「トビーも、どうしたの？」

◇

物陰に潜んでいたトビーとカンタンは、なぜかきまりが悪そうだ。
なんでこんなところに潜んでいたのか。

かく言うヤンも、二人にどうやって事情を説明したものか分からなかった。

〈密命〉についてはもちろん触れることは許されない。

詳しい話は知らないが、ヤンの想像するところ、貴族に関わる重要な任務だ。

そうに違いない。

絶対に話すことはできない。

たとえそれが、親友相手でも、だ。

だが、本当にダメなんだろうか。

親友相手にならいいのではないか。

いや、やっぱりダメだ。

ヤンのことを信頼して〈密命〉を託した塔伯を裏切ることはできない。

話を切り出せずにもじもじしていると、カンタンが呆れたように肩を竦めた。

「とりあえず、店に入ろうよ」

「あ、うん」

「それもそうだな」

なんだか妙な雰囲気のまま、三人揃って、引き戸を開ける。

「いらっしゃいませ！」

店に入ると、いつも通り元気な挨拶が迎えてくれた。

リュカという店員はヤンよりも若いのによく働くよい給仕だ。

けれども今日のような日にはこういう明るい出迎えの挨拶さえも、胸に重く響く。

自分は親友二人を裏切って、昇進するのか。

違う。裏切りではない、忠義に生きるだけだ。

忠義と友情は果たして天秤にかけることができるものなのか？

きっとリュカには悩みなんてないんだろうな、と笑顔を見ながら思う。

こんなに愛らしい顔をしているのだから、家庭がどろどろしていたり生き別れの家族がいたりというような人生の荒波とは無縁だろう。

そんなリュカのことを羨ましく思いながら、ヤンはいつも通りにテーブル席に腰を落ち着ける。

先ほどから、なぜかトビーもカンタンも表情が浮かない。

人それぞれに悩みがあるものだ。ヤンの気付かないうちに何かあったのだろう。

多分、金のこととか、下宿の屋根裏に鼠がいるとか。女っ気のある話ではあるまい。

「ま、とりあえず今日は飲もう」

とりあえずも何も居酒屋ゲンに来ているのに飲まない理由がない。

そこでふと、ヤンは思い出した。

居酒屋ゲンで二人と飲むのも最後かもしれないのだ。

最後ではないとしても、一緒に飲める日々は残り少ないだろう。

「よし、今日はとことん飲み明かそう！」

「おお！」

ヤンが鬨《とき》の声を上げると、二人が応じる。

そうと決まれば遠慮はしない。

「リュカくん、ホッピー！　それと何か美味しいもの！」

「こっちはラガーで！」

「赤ワイン！」

今日のおすすめの肴はチンジャオニウロースーという肉料理のようだ。

チンジャオニウロースー。

居酒屋ゲンの料理は耳慣れない名前が多いが、今日のは特に不思議な響きだ。

注文すると、大きな鉄鍋で、ジャッジャッと具材が炒められる。

肉と絡むソースの香りが、こちらにまで漂ってきた。

空腹に突き刺さる刺激的な香りだ。

思わずぐぅと三人の腹の鳴る音が重なった。

顔を見合わせ、にんまりと笑う。

同じ窯のパンを食べて、同じ訓練をして、同じ店で酒を飲んでいるのだから、腹の虫まで揃ってしまったようだ。

「乾杯《サンテ》！」

悩んでいたもやもやを吹き飛ばすように、いつもより元気よく乾杯した。

キンキンに冷えたホッピーが喉を通り抜けていく。

この冷たさ、この苦み、この喉越し。

悩みも何もかもをするりと喉の奥へ押し流してしまう感覚が、堪らない。

以前、カラアゲに合う酒ということで誰かが勧めていたので飲んでみたら、これが美味かった。

自分だけでは気づけなかった新たな世界を知れるのは、いいものだ。

「ところで、ヤンもトビーもあんなところで何してたんだ？」

赤ワインを飲みながらカンタンが尋ねる。

「う……それは」

〈密命〉は〈密命〉だ。

たとえこの二人にだって、打ち明けることはできない。

見ればトビーも答えに窮して、ラガーのジョッキに口を付けながらごまかすように遠くを見遣っている。

「そ、そういうカンタンは何をしてたんだよ？」

軽い反撃のつもりで問い返すと、思っていた以上にカンタンは衝撃を受けたようだ。

「あ、いや、それは……」

せっかく乾杯をしたばかりだというのに、雰囲気が重苦しくなる。喧嘩の罰として錆の浮いた鎧を砂に放り込んで磨くのを命じられた時のような空気だ。

三人とも、視線でちらちらと様子を窺うが、誰も口を開かない。

二人の顔を見ていると、ヤンの胸の奥に黒く重苦しい罪悪感が湧き上がってきた。

ここで黙っていていいのだろうか。

やはり、〈密命〉は〈密命〉だ。

聯隊長からの直々の命令を軽々に話すことは、衛兵の魂に懸けて許されない。

でも、この二人に黙っていていいものだろうか。

悩みが悩みを産み、その悩みがまた悩みを産む。

「あの……」

「実は……」

「えっとさ……」

沈黙を破って口を開いたのは、三人同時だった。

やはり、友達に黙っていることはできない。

〈密命〉のことには触れずに、上手く説明を……

「いらっしゃいませ！」

店内にリュカの明るい声が響いた。

間の悪いところに入ってくる客もいるものだな、と三人が入り口に視線を向ける。

ヤン、トビー、カンタンの三人は言葉を失った。

入ってきたのは、ガスパール。

ルグドゥヌム聯隊の聯隊長、その人だ。つまり、塔伯様ということである。

「あ、お前たちもここを知っていたのか」

ガスパールは満席のカウンターを一瞥すると、ごく自然に三人の座るテーブルへ近づいてくる。

「ここ、いいかな？」

「はい！」

「もちろんです！」

「どうぞ！」

慌てて居ずまいを正す三人に、ガスパールは苦笑を浮かべた。

「そう硬くなるな。ここではただの客なんだから」

いいえ、そういうわけには、でも……と三人とも口の中でもぐもぐ言うことしかできない。爵位持ちの貴族様と気楽に接するなんて畏れ多いが、本人がこう仰るのだ。

ガスパールがチューハイを注文する間、ヤンがトビーとカンタンの様子を盗み見ると、二人ともあらぬ方を見つめている。

「さ、乾杯しよう」

運ばれてきたグラスを片手に、ガスパールが微笑んだ。

「サ、乾杯《サンテ》！」

こうなれば自棄だとばかりにジョッキの残りを一気に干す。

「いい飲みっぷりだな。よし、次の一杯は奢りだ。同じものでいいかな?」

連隊長に酒を奢ってもらうなんて、はじめての経験だ。

いや、そもそも上司に奢ってもらったことなどない。

こんなに優しい聯隊長からの〈密命〉を話そうとしてしまった。いやしかし、二人は見習い時代からの仲間だし……

混乱しているヤンの目の前に、チンジャオニウロースーが運ばれてくる。

「ほぉ、これは美味そうだな」

聯隊長がフォークとナイフで自分の皿に取り分けるのを見て、ヤンもトビーもカンタンもそれに倣った。いつもなら適当にするのだが、これが上流階級の人の食べ方ということか。

よくソースの絡んだ肉と野菜を、口に運ぶ。

美味い。

甘くて辛くてしょっぱくて、美味い。

シャキシャキとした食感が、実にいいのだ。

そこにホッピーを、キュッといく。これもまた、いい。

相性がいいのだ。

牛肉とピーマン《ポワーヴル・ヴェール》、そして淡い黄色のシャクシャクした野菜。

三つの味、三つの食感が渾然一体となって、最高の味わいを引き出している。

「いや、しかし心配することはなかったな」

上品な所作でチンジャオニウロースーを頬張りながら、ガスパールが満面の笑みを浮かべた。

「心配、といいますと？」とトビーが尋ねる。

「君たちに、美味い店を紹介してくれと頼んだだろう？」

えっ、と三人とも顔を見合わせた。

まさか、自分にだけ下された〈密命〉ではなかったのか。

「中隊長や軍曹たちだけに聞いても偏《かたよ》るからと思って、衛兵たちにも聞いてみようと思ったんだが、やはりここが一番だな」

「あ、ということは」

「ああ、知人に紹介するざっかけない雰囲気の酒場を探していたんだ。君たち、ご苦労だったな」

さぁ、どんどん飲もうとガスパールが更に追加で酒と肴を注文してくれる。

だが、ヤンもトビーもカンタンも、呆然として自失してしまった。

〈密命〉も、昇進も、二人への裏切りも、全部勝手な思い込みだったのだ。

いや、考えてみればよかったのかもしれない。

結果として、全部元通りだ。

「もう一回乾杯しましょう」

「お、いいな。乾杯は何回してもいい」

「乾杯《サンテ》！」

運ばれてきた料理と酒に舌鼓を打ちながら、ヤンはどうでもいいことを考えていた。

知人に居酒屋を紹介するだけなら、なんで聯隊長は安全な店という条件を付けたのだろうか。

まぁ、そんなことはどうでもいいな。

美味い酒と美味い肴、それに友人がいれば、それでいい。

楽しい夜は、更けていく。

# はじめての居酒屋

かつて、王は旅する存在だった。

国のあちこちにある王の直轄領からの税を一ヵ所に集めるのは手間がかかる。

だから王の方が廷臣《ていしん》たちを率いて各地を回り、その土地土地で税を受け取った。

旅から旅の毎日。

臣下や民も王の姿を親しく見ることができるし、王でしか裁くことのできない裁判を旅先で行うこともできた。

民を知り、民を守り、民を統べ、民を裁き、民を癒す。

それが東王国《オイリア》国王の伝統だった時代が、確かにあったのだ。

「陛下、お召し替えはお済みでしょうか？」

尋ねられて、ユーグは、ああ、と答える。

東王国《オイリア》国王ユーグは、生まれてはじめて、民草の着るような粗末な衣服に身を包んでいた。

町人風の装い、と言えばいいのだろうか。

ちゃんと着こなせているだろうか。

少し不安になって袖を引っ張ってみる。

そういう身分の人間が謁見《えっけん》を求めてくることはないから、こういう格好の民を見るのは、新年の挨拶の時だけだ。

「たいそうお似合いですよ」

宮中伯のラ・カタンが慇懃《いんぎん》に一礼して見せる。

口調こそ丁寧《ていねい》だが、語気に嫌なものが絡みついているのがありありと分かった。

王の服よりも庶民の恰好の方がお似合いだ、と言いたげなのが透けて見える。

「うん、そうか。ありがとう」

ありがとう、という言葉にラ・カタンが少し身を硬くしたのが分かった。

彼としては「庶民の服が似合う」という言葉に含みを持たせていたのだろうが、こちら側が素直に感謝してみせれば二の句が継げない。

嫌味を言うつもりなら、もう少し洗練してもらいたいものだ。

ラ・カタン宮中伯といえば、ユーグの姉である前王女摂政宮《さきのおうじょせっしょうみや》セレスティーヌ・ド・オイリアの追放劇で名を成し、宮中の権力を握ったつもりの男だ。

しかし、オイリア家を甘く見るものではない。姉の摂政宮職はあくまでも過渡期のものであり、ユーグ親政の準備は整えられている。ラ・カタン宮中伯家風情が少々策動してみせたところで、その礎が揺らぐものではない。

諸侯が竜牙眈々《りゅうしたんたん》と王権に容喙《ようかい》しようと目論む東王国で五百年に亘り王統を守るとは、そういうことなのだ。

「あら、似合っているじゃない」

「叔母上、ごきげんよう」

今日の〝奇行〟の発案者がひょっこりと顔を出した。

庶民の扮装をして、お忍びで街に赴き、民と親しく接する王女。

今日、街に繰り出す目的は統治の真髄への理解を深める、ということになっていた。

叔母上こと〈繭糸の君〉アデレード・ド・オイリアの当初の案では、城内の臣下にも明かさずにこっそりと脱出を図る計画だったが、それはユーグが却下した。

いくらなんでも無謀過ぎるし、警備担当者の首が飛びかねない。

妥協案として、事前調査をしっかりとした安全な店にお忍びで行幸するということで折り合いがついた。

視察としても民との交流としても、効果のほどは分からない。

要するに、お忍びの食べ歩きのようなものだ。

アデレードにしてみれば政務に精励するユーグの息抜きのつもりなのだろう。

それはそれでありがたいことではあるのだ。

「事前調査で選ばれた店、というのは？」

変装用の帽子の位置を侍女に直されながらユーグが尋ねる。

「それが不思議なこともございまして」

奇譚拾遺使副長官を務める老臣、シャルル＝アレクサンドル・ラ・クトンソンが髭を撫でた。

「不思議、というと？」

謹厳実直を絵に描いたようなこの老臣が「不思議」などということは珍しい。

「事前に、いくつかの筋に今回の御幸の行き先となる店の候補を挙げさせたのです。ところが」

美食家の貴族。

内膳寮前筆頭内膳司。

〈王家の楯〉一番の食いしん坊。

王都防衛の要である衛兵聯隊長。

そしてこっそり城を抜け出しては食べ歩きをしている〈藕糸の君〉。

全員が全員、挙げてきた店が一致しているのだという。

もちろん、他の店を挙げてきた者もいる。

だが、これだけの人数で店が一致するというのは予想外のことだった。普通ならこういう場合、候補は複数挙がるし、その選定で苦労するものなのだ。

「狐にでも化かされたかのようですな」

はっはっはっと笑ってみせるラ・クトンソンの目は笑っていない。

この忠臣のことだから、きっと納得がいくまで原因を追究するのだろう。そういう人材だ。曾祖父の代から仕えているという老臣のことをユーグは頼もしく思う。

「では、そろそろ出立するか」

ユーグが手を挙げると、臣下が全員畏《かしこ》まった。

もう少し会話に興じていてもいいのだが、放っておくと侍女がいつまで経ってもユーグの帽子と襟元を直し続けていそうだ。

「陛下」

アデレードがユーグの頬を両掌で包む。

「たまには羽をお伸ばし遊ばせ」

はい、と頷き、ユーグは会釈する。

結局、これも執務の一環だ。

だけれども、ユーグはほんの少しだけ、わくわくしている自分に気が付いている。

スゥー、と深呼吸をした。

扉を開け、一歩を踏み出す。

考えてみれば私用で城を出るというのは、即位して以来、はじめてのことだった。

◇

「で、結局なんで奈々海は休みなの？」

テーブルを拭きながらひなたが尋ねる。

今日の居酒屋げんは休業日だ。

店を開けながらも毎日掃除は丁寧にしているが、それでもやはり目の届かないところはある。

一度しっかり掃除をした方がいいだろうということで、休業にしたのだ。

リュカに休みをあげたかったということもある。

これまで働き詰めだった彼も、きっと今頃は家族水入らずを楽しんでいるはずだ。

早朝から草平、ひなた、正太郎の三人で店の隅から隅まで掃除をして、漸くひと段落ついたのが先ほどのことだった。

「それがよく分からないのよね」

弁当を提げて意気揚々と出勤していった奈々海が、不意に帰ってきたのは昼過ぎのこと。

なんでも急に仕事が休みになったのだという。

奈々海とクリストフだけでなく、あちこちの部署で急に休みを申し渡されたようだ。

よくあることなのかと思ったが、奈々海によると、とても珍しいことらしい。

王城の文官たちも小首を傾げていたというから、余程のことだ。

「奈々海とクリストフさんって、今は研修中でしょ？」

「研修先で何かトラブルがあったなら、それはそれで見せておくべきだと思うのよね」

上の方で何かあったのかなぁとお茶請けのおせんべいをばりんばりんと食べながら、奈々海が難しい顔をした。

それもそうだな、とひなたも同意する。

面倒なことや普段ないことの方を、新人には見せておいた方がいい。当たり前のものを見るより変わったものを見ておいた方が経験値は積めるものだ。

「すいませーん」

聞きおぼえのある声が表から響いてきたのは、そんな時だった。

ひなたが引き戸を開けてみると、カミーユが少年を連れて立っている。

「今日はまだ開いてない、のかな?」

なぜかいつもより緊張してぎこちない様子のカミーユにひなたは苦笑しながら頭を下げた。

「ごめんなさい、今日、休みなんですよ」

「えっ」

言い終わるか終わらないかのうちに、カミーユの表情が凍りつく。

まるでこの世の終わりのような顔色だ。

そんなにショックだったのだろうか。

隣に立っている少年の方を見て、ひなたの方を見遣り、天を仰ぐ。

見立てる。

「あ、えっと、そちらの方は？」

カミーユの隣で動じることのない少年の方に、ひなたは話題を向けた。

庶民風の恰好をしているが、凛とした佇《たたず》まいはおそらく貴族なのではないかなぁと

女性が男装して騎士になる国のことだ。庶民の恰好をした貴族くらいはいるだろう。

「え、あ、そう！　親戚の子！　親戚の子なんだ！　遠い親戚の！　えっと、こういう店には来たことがないというから、連れてきたんだ！」

取ってつけたような説明だ。

嘘ではないのかもしれないが、何かあるのだろう。

せっかく連れてきてくれたというのなら、なんだか申し訳ない。

「ひなた、どうした？」

奥から草平の声が聞こえる。

「ね、お父さん。今日、二人だけお客さん入れられない？」

その言葉を聞いて、カミーユの顔がパッと輝いた。

隣の少年も、心なしか嬉しそうに見える。

「ん、まぁ、いいんじゃないかな。な、正太郎さん」

「はい、いけると思います」

奥で話がまとまったらしい。こういう時、家族経営は楽だ。

「それでは改めまして、いらっしゃいませ！」

◇

ふしぎな店だ、というのが足を踏み入れての第一印象だった。

こういう居酒屋や旅籠《はたご》に来たことはないから、比較すべき対象もないのだが、それでもこの店が東王国風ではないということは理解できる。

異国情緒あふれる内装と、清潔な店内の調度は、見ていて気分がいい。

テーブル席に腰掛けながら、ユーグはさっきのことを思い返していた。

〈国王の楯〉のヴェルダンは、いい仕事をしてくれたものだ。

一般的な酒場については詳しくないが、普通は休業している店を無理に頼み込んで開けることはできない。少なくとも、東王国の法律ではそうなっている。

店の休業を決める権利は店主に属しており、その都市の領主でさえ徒《あだ》や疎《おろそ》かにできないものだ。

カミーユ・ヴェルダンという騎士に対する見方を、少し改めないといけない。こういう交渉術は一朝一夕に身に付くものではないからだ。ただの食いしん坊でちょっと抜けた騎士ではない、ということを知ることができたのは収穫だった。

オシボリ、という温かいタオルで手を拭い、人心地つく。

「ご注文はいかがなさいますか？」

ヒナタ、という名前の給仕に尋ねられ、ユーグは言葉に詰まってしまった。

こちらで食べる料理を選ぶ必要があるのだ。

王城では、内膳寮の人間が食事の内容を決め、調理し、給仕する。

それもそうだ。全ての居酒屋の料理を差配するには内膳寮の人数が足りない。

いや、そういうものではないのだろうか。酒場の給仕に関する法律を思い出そうとするが、適切な条文が思い出せない。

「何かおすすめを！」

横から、カミーユが助け舟を出してくれる。オススメという料理はわからないが、これはありがたい。

飲み物にぶどう果汁《ジュドゥレザン》を頼むと、快く応じてくれる。

ユーグは、自分自身がワクワクしていることに今更ながらに気が付いた。

店内に他の客はいないが、それもなんだか新鮮だ。

「へい……じゃないユーグ、ここではワカドリノカラアゲとゴロゴロハンバーグが美味しいんだ」

自信満々にカミーユが教えてくれる。

どういう料理なのだろうか。

ここに前の内膳司のピエールでもいれば、事細かに説明してくれるのだろうが。

「あ、すみません、今日は唐揚げもハンバーグもやってないんです」

ショータローという料理人が申し訳なさそうに謝罪する。

ちょっとがっかりしてしまった。

ワカドリノカラアゲ。

ゴロゴロハンバーグ。

いったい、どんな料理なのだろうか。

そういえば姉上も帝国に放った密偵から上がってくる報告の料理の味を色々と夢想していた。

一部の廷臣は奇譚拾遺使の私物化だなどと言っていたが、それはおかしい。

元々奇譚拾遺使は王家の人間の無聊《ぶりょう》を慰《なぐさ》めるために面白い話を集めてくる部署なのだ。それが、ついでに密偵をやっているに過ぎない。つまり面白い話を集めてくることの方が、本業なのだ。

「れんこんのきんぴらと鶏もも肉の西京焼きです」

運ばれてきたのは、温かい料理だ。オススメ、というのは肉料理であったらしい。

「どうぞお召し上がりください」

うん、と頷いてから、カミーユの方を見る。

カミーユはユーグの顔を見返すと、きょとんとして、サイキョウヤキを口に運んだ。

美味しそうに男装の女騎士が笑み崩れる。

違う、そうじゃない。
毒見をさせなくてもいいのか、とユーグは問いたいのだ。
だが、そこでふと気が付いた。
この店では、毒見をさせなくてもいいのではないか。
そう思うと、目の前の霧が晴れたような気がした。
菓子を摘まむにも毒見の必要なユーグにとって、これは驚くべき体験だ。
フォークを使い、恐る恐るレンコンのキンピラを口に運ぶ。
シャキ。
シャキシャキシャキ。
美味しい。このシャキシャキした食感は、なんだかとても心地よい。
甘辛い味付けも、ユーグの口に合っている。
続いて、サイキョウヤキ。
鶏の肉を漬け焼きにしたようだが……
ぱくり。
「あ」
これは、食べたことのない味だ。
ユーグの辞書に、この味を表す言葉がない。
ぱくりぱくり、ぱくり。

ナイフで切るのももどかしく、サイキョウヤキを頬張る。

食べながら、ユーグは楽しくなっていた。

いつもなら、必ず誰かに見られながら食べている。

内膳司はもちろん、遠縁の王族や廷臣、宴席の客に護衛の騎士。

ここにいるのはカミーユ・ヴェルダン一人だけだし、彼女もユーグのことより料理の方に関心が向いている。

これは多分、しあわせという気持ちだ。

誰にも視線を向けられずに、たった一人で、自分の思うように食事をする。

ユーグの頬が、自然と綻《ほころ》んだ。

「すいません、このサイキョウヤキをもう一皿頂けませんか？　キンピラも」

店員たちが少し驚いたようにユーグの方を向く。

何か拙《つたな》いことを言っただろうか。

「気に入ってもらったようで、よかったです」

そう言いながらショータローがすぐにサイキョウヤキを焼きはじめてくれた。

厨房から、「渋いね」「うん、渋いね」と聞こえてくる。

どういう意味なのだろうか。

帰ったらピエール、ではなくアデレード叔母上に聞いてみよう。

帰り道でカミーユに尋ねてもいいかもしれない。

「本日は大したお構いもできませんで」

ソーヘイという店主が頭を下げる。

「いえ、とても美味しい食事でした。そなたに感謝を」

言ってしまってから、庶民の使う表現ではないかもしれない、と思った。

まぁ、大丈夫だろう。

「またいらしてくださいね」

ヒナタに言われて、ユーグは大きく頷いた。

きっとまた、この店に来る。

次こそは、ワカドリノカラアゲとゴロゴロハンバーグを食べるのだ。

◇

後日、新人文官との謁見の式典で、なぜか付き従っていた従者が口をパクパクしていたのだが、ユーグには理由がさっぱり分からなかった。

# すき焼きのたまごかけご飯

異世界居酒屋「げん」

「いい肉と卵、買ってきたわよ」

営業の準備をするげんに、ひょっこりと月子が顔を出す。

手にはどっしりとした肉屋の包みと、丸籠に入った鶏卵。

ひなたの母、月子にはこういうところがある。

よく言えばサプライズ好き。

悪く言えば連絡不行き届き。

葦村家としては慣れたもので、特に驚いたり慌てたりということはない。

突然やって来て、「今晩はすき焼きよ」と言えば、一家がそう動くのだ。

いい肉が食べられて嬉しいな、というくらいのものである。

不思議なことに月子がふらりとやってくる日は、たまたま晩御飯の支《し》度《たく》ができていなかったり、ちょっと外食でもするかと思っている日だったりする。

まるで狙いすましたかのような訪問なのだが、それならそれで一言くれてもよいのだけれど、言っても聞いてくれたことがなかった。

草平に言わせれば、「そういうもんだ」の一言しかない。

昔から、だそうだ。

よくこれで経営者が務まるな、とひなたなんかは不思議に思うのだが、仕事ではちゃんと事前の連絡を欠かさない人だというから、内と外の使い分けということなのだろうか。

親戚によれば「それは月子ちゃんの親愛の情だよ」ということだが、妙な親愛の情もあったものである。

肉と卵を持ってきたから、自分のお仕事はそれでおしまい。

すき焼きを作るのは草平の仕事だ。

これが当たり前の過程だと思っていた小学生時代のひなたは、友達の家庭では随分と役割分担が違うことに面食らったものだった。

「夢枕にね、狐が立ったのよ」

さっそく座敷に座り込んで、おせんべいを齧りながら月子が今日の来訪の意図を説明した。

「〝お供えにすき焼きが食べたい。できればネギは除けて〟なんてお稲荷さんが言うかな……？」

「いいでしょ、夢の話なんだから」と月子はにべもない。神棚の方に手を合わせ、形だけなむなむと頭を下げる。

神棚だから南無南無《なむなむ》はないと思うのだが、そんなことを気にする母ではない。それもそうかと納得し、ひなたは昆布を水に漬ける。

水出しの昆布出汁があれば、すき焼きが煮詰まりそうになった時にそのまま水より足しても味が薄くなりにくい。

気がつけば正太郎は豆腐を焼いているし、草平は割り下を作っている。

新しい料理に、リュカは興味津々だ。

ザクザクと草平が白菜を切る音が店内に響く。

早めの夕食にすき焼きを食べて、店を開けるという流れになりそうだ。

そうなると奈々海の晩御飯はどうしようか。

家族の分の座布団を並べながら、ひなたは考える。

最近の奈々海は頑張っているのか仕事が忙しいらしく、昼過ぎに帰ってくることはほとんどない。いつもどおりならげんの営業中の夜遅い時間に帰ってくるから、早めのすき焼きに間に合わないだろう。

美味しそうな肉は一部取り分けて残しておくとしても、一緒に食べられないのは少し可哀そうだ。

鍋物は、皆で食べるから美味しい。

実家の稼業が居酒屋だとどうしても一人一人で食事を摂ることになりがちだったから、一緒に鍋を囲める機会はひなたとしてはできる限り大切にしたいのだ。

もちろん、その中に正太郎やリュカが入ってくれれば、とても嬉しい。

何かの拍子に奈々海の仕事が早く終わって帰って来てくれないものだろうか。

「ただいまー」

そんなことを考えていると、表のドアが勢いよく引き開けられた。

「あら、いいタイミング」

せんべいを齧りつつタブレットでテザリングしながら会社の書類を見ていた月子が顔を上げる。

「あ、お母さん。帰ってきてたんだ。おかえり」

「はい、ただいま。おかえりなさい」

仕事帰りで疲れているはずの奈々海が、にへらっと笑った。

「昇進した！」

ブイとピースサインを出してみせる。

昇進がいったいどういうことなのかよく分からなかったが、取りあえずめでたい。

おーすごい、と月子も正太郎もリュカも、もちろんひなたも拍手する。

草平は、うんと小さく頷くだけだ。

それでも口元が綻《ほころ》んでいるから、とても喜んでいるらしい。こういう感情の機微が伝わりにくいから、若い頃には随分と苦労させられたと聞いたことがある。

「すごいね、昇進なんて」

生まれてこのかた昇進なんてしたことのないひなたにとっては、昇進という言葉そのものが聞きなれない。いや、コンビニのバイトのシフトリーダーになったことはあったか。奈々海のそれとは多分意味が違う。

「これまではクリストフさんの従卒見習いだったけど、見習いが取れた」ということらしい。

従卒見習いと従卒の間にどれだけの差があるのかはよく分からないが、妹の喜びようを見ると、結構凄いことのようだ。

「それはよかった。今日のすき焼きはお祝いね」

急須でお茶を奈々海に入れてやりながら、月子が笑う。

ひなたと奈々海の母、月子にはこういうところがある。

運がいいのか、それとも調子がいいのか。

偶然ケーキを買ってきた日にお祝い事があったり、食べたいからと赤飯を炊いた日にいいことがあったり。

まぐれかと思えば結構な頻度でこういうことがあるから、面白い。

何にしても、たまたま支度をしていたすき焼きがお祝いになるのはよいことだ。

すき焼きの日は、水を少なくして米を固めに炊く。

それが葦村家のルールだ。

営業の仕込みは早めに終わらせて、皆で鍋を囲む。

割り下に野菜と豆腐を並べ、くつくつと煮込んでいく。

「あ、お母さん。肉はしらたきのそばに入れちゃダメだって」と奈々海が注意しても、

「そんなの迷信迷信。入れたいところに入れればいいのよ」と月子がどんどん肉を入れていく。

実際、しらたきの近くに入れると牛肉が硬くなるという話は本当なのだろうか。あとで正太郎に聞いてみないといけない。

月子が肉の柔らかく美味しいところを皿に盛り付け、神棚に供える。

ネギを除けるというのは、狐だからだろうか？

そんなことまで夢枕で頼むとは、人間臭い神の使いもいたものだと思いながら、手を合わせる。

「さ、じゃんじゃん食べるわよ」

月子の宣言ですき焼きがはじまる。

「いただきます」

「いただきます！」

いつもなら四人で囲む鍋だが、今日は正太郎もリュカもいるので賑やかだ。

関東風に作ったすき焼きの主役は、なんといっても、肉。

たっぷりと卵を絡めて、口に運ぶ。

「んーー！」

サシの入り過ぎない牛肉の甘みと旨みが口の中に広がった。

子供の頃はとにかく霜降りが嬉しかったものだが、最近は赤身の味わいが気に入っている。

卵も月子がいい卵というだけのことはあり、濃厚で実に美味しい。

「さ、肉は食べきれないくらいあるから、じゃんじゃん食べなさい」

遠慮している風なリュカの側にも、月子は肉をどんどん追加していく。

他人の皿にまでは、具を入れない。それもまた、葦村家のルールだ。

白菜で肉を巻いて、パクリ。

逆に、肉でえのきを巻いて、パクリ。

春菊がないのは残念だが、しらたきも豆腐もいい味を出している。

肉、白菜、肉、しらたき、肉、ネギ、肉、肉……

口の中が幸せだ。

人間、たまには肉を食べなければならない。

それも、可能な限りいい肉を。

「それでね、見習いから従卒になる式典の時に、謁見の間に行くんだけどね、そこにいた王様っていうのが、なんと！」

今日の奈々海はいつも以上に饒舌だ。

舐めるだけと言いながら、楯野川《たてのがわ》の純米大吟醸を飲んでいる。

ひょっとすると妹は笑い上戸なのかもしれない。

ほろ酔いで機嫌のいい妹を見ているとこっちまで嬉しくなる。東王国の現国王陛下が、先日うちに来ていたお客さんにそっくりだったという話を、もう三回もしている。たまに貴族のお客さんも来るが、さすがに王様は来ないだろう。そんなの、マンガかライトノベルか何かのような話だ。

「いくらなんでも王様がこんな居酒屋に来るわけないじゃない」

いやいや、とひなたがツッコミを入れる。

「こんなって何よ、こんなって。お父さんの居酒屋よ」

ひなたに口先だけ怒ってみせる月子も、上機嫌だ。

人差し指と親指で猪口を摘まんで持つさまが、妙に様になっている。

その視線の先では歳の割に健啖《けんたん》な草平が、肉と白米をもりもりと食べていた。

「お父さん、野菜も食べないと」

「ん」

月子に言われて、草平が白菜を摘まむ。

草平が食べるのはいつも白菜の芯の固いところだ。

そこが好きなのかと思って聞いてみたことがあるが、どうもそうではないらしい。

月子が葉の柔らかい部分しか食べないから、というのが実際の理由だ。そんなことを決して草平は月子には言わないのだろうが。

普段の賄《まかな》いでは控え目に食べるリュカも、すき焼きは気に入ったのか、どんどん食べている。

正太郎はと見てみると、あまり食が進んでいない。

「正太郎さん、すき焼きは苦手？」

「あ、いや」と正太郎がはにかんで頭を掻いた。

「こうやって皆で鍋を囲む日がこんなにすぐに来ると思ってなかったから」

そう言われてみると、食卓は囲んでいたけれど、鍋ははじめてだ。

「それなら、遠慮せずにどんどん食べちゃって」と月子が肉をどんどん正太郎の前に投入する。

若い子が肉をたくさん食べているのを見るのが好き、と以前月子に言われた時にはその気持ちが分からなかった。

だが、リュカが目を白黒させながらすき焼きを食べているのを見ると、なんとなく分かる気がする。誰かが腹いっぱいにものを食べていると、こっちまで嬉しくなる。

「それにしてもお母さん、今日は私が昇進したって分かって準備してきたの？」

大切に育てた豆腐を食べながら、奈々海が尋ねた。

「なんとなくよ、なんとなく」

さすがに本人の前では狐が夢枕に立ったとは言わないらしい。

奈々海は「離れて暮らしていても家族なんだね……」となんだか感動している。

ひょっとすると妹は泣き上戸なのかもしれない。

食べ切れないほど買ってきてあった肉も、いつかはなくなる。

今日の殊勲賞は、リュカと正太郎だ。二人だけで牛一頭食べそうな勢いだった。

「さ、お待ちかねの」

楽しそうに言いながら、月子が卵の器に新しい卵を割り入れた。

さっさと数回掻き回すと、それを白米の上に掛け回す。

「肉の旨味をたっぷり含んだ、すき焼きたまごかけご飯の出来上がり」

リュカは勿論、正太郎もはじめて見るようで、「へー」と言いながら真似をする。

葦村家のすき焼きでは、これが〆と決まっているのだ。

普通の卵かけご飯よりも甘いこの〆が、ひなたはとても気に入っていた。

あまり行儀がいいとは言えないけれど、それがまたいいのだ。

酒を飲んでいる月子と奈々海も、これだけは食べる。

「んー、美味しい」

ほろ酔いの奈々海の顔が笑み崩れた。

「すき焼きのたまごかけご飯って、なんでこんなに美味しいんだろうねぇ」と奈々海が問うと、

「形がなくなっても、色々な材料の美味しさがつゆに沁み込んでいるからよ」と月子が答える。

肉の味。

白菜の味、ネギの味。

豆腐の欠片に、しらたきの切れ端。

それを包み込む、卵の味と白米の味。

色々な味が交じり合って、口の中に広がっていく。

この卵かけご飯は、一人一人違う味だ。

自分が選んだ具を絡めた卵には、その味が少し、また少しと移っていく。

すき焼きを通して自分がどのように具を選んで食べたかが、〆の卵かけご飯の味を決めるのだ。

人間関係も、そうだ。

いつどこで誰から聞いたのかも分からないこと、教えられたのか分からないことが、渾然一体となって自分という存在の味を創り出している。

奈々海もこれから、自分だけの卵かけご飯を創っていくのだ。

なんて柄にもないことを考えながら、卵かけご飯を大切に味わう。

鍋に残ったつゆは翌日に取っておいて、うどんを入れて食べる。すき焼きの楽しみはまだ続いている。

「いい肉食べたんだから、明日から頑張んなさい」

「うん！」

元気よく返事をする奈々海を見て、ひなたの目が少し潤んだ。

「ひなた、お前は今晩から頑張るんだぞ？」

「う、うん！」

草平にぽつりと言われ、残りの卵かけご飯を慌てて掻き込む。

今日来るお客さんとの出会いも、自分という卵かけご飯の味になっていくのだ。

そう考えると、営業時間が待ち遠しい気がした。

# 【閑話】ヒャクサブロウの味

『異世界居酒屋「げん」』


美食、とはなんだろうか。

東王国《オイリア》の王都《パリシィア》、その一隅《いちぐう》にある職人街を一人の吟遊詩人が歩いている。

歳はまだ若い。

眼光は鋭く余人を寄せつけぬ峻険《しゅんけん》さがあるが、それに反して声は深く、甘い。

名を、クローヴィンケルという。

古今東西の美味い物を食べ歩いてきたが、その果てはとんと見つからない。

クローヴィンケルは悩んでいた。

〈食の詩人〉などと一部で持て囃《はや》されてはいるが、美食とは何なのかが分からなくなったのだ。

料理が美味い、ということなら分かっている。

単なる美味い食事であれば毎晩のように味わっているのだから。

口にして、美味いと感じる。

『嘘をつくのには舌を使うが、美味いものを前にして舌は嘘をつかない』

だが、それだけで美食ということを言い表したとはとても思えないのだ。

贅の限りを尽くし、珍味佳肴《ちんみかこう》を取り揃えた大貴族の祝宴の料理。

夜露をしのぐ宿を求めて荒野を歩いた果てに辿り着いた鄙《ひな》びた旅籠《はたご》で出される粗末なスープ。

いずれも、クローヴィンケルには美味いと感じられる。

美食といえば、ほとんどの人は前者のことのみを挙げるに違いない。

本当に、それだけが美食なのだろうか。

「なんだクローヴィンケル、シケた面して」

背中を叩いてきたのは、ピエールだった。

王都で食べ歩きをしている時に出会った男だが、あちらは勝手にこちらのことを友人だと思っている。

町人の振りをしていてなかなか変装も堂に入っているが、実際には貴族だ。

それも、王室に近いところで働く人間だろうとクローヴィンケルは踏んでいた。人間は表面を取り繕えても、その本質に近い部分を隠し切れるものではない。

シケた面、などとクローヴィンケルのことを揶揄してみせるが、ピエールの方がよほど、シケた面をしている。

それとなく聞いた話では、家業を継ぐことに対する迷いがあるようだ。

贅沢な悩みだ、と思う。

世の中には食うや食わずの人間が、いくらでもいる。クローヴィンケルの選んだ吟遊詩人という生き方も、いつ野辺に屍《しかばね》を晒すか分からない。

その一方で、同情もしている。高位の貴族の悩みは貴族にしか分からない。誰とも共有できない悩みは、自分で解決するしかないのだ。

せめて今は、一緒に飯でも食おう。

それだけがクローヴィンケルにしてやれることだった。

「この辺りに変わった店がある、と聞いてな」

「ああ、ヒャクサブロウか。オレもまだ行ってはいないんだが」

知っていて当然のようにピエールは答える。

つい最近話題になりはじめたばかりだというのに、耳の早いことだ。こと食事に関して、ピエールの知識の範囲は怖ろしく広い。この男なら、遥か海の向こうの料理でさえ知っていそうな気がする。

「お、ここだここだ」

飄々とした口調のピエールの指さす先には、一風変わった構えの店があった。

異国の文字が、三文字だけ。

これでヒャクサブロウと読むのだろうか。

好奇心と冒険心、そしてほんの少しの未知への恐怖を胸に、扉に指を掛ける。

「いらっしゃい」

しわがれた声に迎えられて入った店内には、濃厚なスープの香りが満ちていた。

この香りには、憶えがある。獣の骨だ。

獣の骨と香草とを飽きることなく茹で続ければ、こういう香りになる。

「獣臭い」とか「粗野だ」と言って好まない貴族は多そうな匂いだ。

しかし、ピエールはこの匂いが甚《いた》く気に入ったらしい。店主に勧められるより前に、さっと椅子に腰を下ろす。

「とんこつでよかね。それしかなかばってん」

腰の曲がった老人の言葉は、訛りが強かった。

クローヴィンケルとピエールには、頷くことしかできない。

「麺の硬さは？」

そうだ。ヒャクサブロウは麺の入ったスープの店で、硬さを聞かれたら「カタ」と答えればいいと聞いてきたのだった。

「カタで」

こっちも、とピエールが続くと、老店主は満足げに頷き、さっさと手を動かす。

気が付けば、目の前にスープがあった。

速い。

いつの間に出てきたのだろうか。

熱いスープに、麺《ヌーデル》。具は豚肉が少しだけ。

とても単純だが、胃の腑《ふ》を鷲掴みにされたように食欲がそそられるのは、この匂いのせいだ。

とにかく、食べねばならない。二本の棒を使って、手繰るようにして食べる。これも事前に聞いてきたことだ。慣れないと難しいが、意外にも合理的に思える。

ズズッ、ズッ、ズズズッ
ズズズ……

熱い。硬い。しかし、美味い。

極細の麺はスープとよく合う。もっと食べたくなる味だ。

「麺か」

ピエールが讃嘆の表情を浮かべている。

貴族の間では麺はとにかく柔らかくなるまで茹でるのが常識だ。硬い麺は胃に優しくないと避けられる風潮がある。

しかし、ヒャクサブロウの麺は違う。硬い。そしてそれが、美味い。驚くほど美味い。歯ごたえのある麺がこれほど美味いなど、帝国の皇帝でさえご存知あるまい。

そして特筆すべきはこのスープだ。

絹《きぬ》のように滑《なめ》らかな乳白色のスープ。

これだけの濃度、これだけの味、これだけの情熱。宮廷料理ではなく、ただ街の屋台で提供される料理に、どれだけの労力と熱量とが込められているのか。

濃厚なのにさらりとしたスープは、喉を通って胃の腑へ落ちていくのが分かるほどに、熱い。

麺をスープの中で煮込まないのは、この純粋性を失わせないためだろう。

熱く、硬く、美味い。

これまで食べてきた美食とは異なる哲学で組み立てられた、不思議な味。

人は慣れ親しんだものを愛するというが、では未知を前にして湧き上がるこの情動は、何か。

どうしてクローヴィンケルが、食の吟遊詩人が、食べることを止められないのか。

「替え玉はどうすっとね？」

カエダマ、というのも事前に聞いていた。麺を追加するのだ。スープはそのまま。

「フツウで」

あいよ、と老店主が麺を湯の中の笊へ放り込む。ピエールもカエダマを頼んだ。

麺が湯の中で踊る。魚でも引き揚げるように、笊が引き揚げられ、湯が切られた。

最小限の手わざ。しかし、それは長年続けられた、妙技だ。

どんな技法であっても、鍛錬を重ねた技は見る者の心を奪う美しさを帯びる。

「とんこつラーメンは、若い衆が腹を満たすためのものやけんね」

店主の問わず語りに耳を傾けながらも、クローヴィンケルとピエールは口を動かし続けた。いや、止められないのだ。

「なるべく早うラーメンば出してやらないかんと。やけん、カタを注文してから、替え玉で普通を頼むのがよか」

そう言いながら店主が茹で上がったカエダマを差し出した。

なるほどな、と思いながら、フツウのカエダマをスープの中へ入れる。

スープとよく絡めてから麺を口に運ぶ。先ほどより柔らかい麺は、優しい味がする。

やはり、普段口にする柔らかく茹でた麺よりも、美味い。

早く食べたいという客の思い、早く食事を出してやりたいという店主の思いが、麺の硬さの〝正解〟を導いたのだ。これは一つの美食の形だろう。

クローヴィンケルは想像した。

鉱山や荷役で働いた労働者が、疲れた身体と空っぽの胃袋を抱えてヒャクサブロウを訪れる。

面倒な注文は要らない。

何々風だとか、どこで獲れたどんな珍しい鳥のどの部位が、という蘊蓄《うんちく》も必要ない。

ただ、「カタ」と言えば、トンコツラーメンが出てくる。

それをひたすら無心に腹の中に送り込むのだ。

熱い。

美味い。

獣のように、ただ麺を手繰り、スープを啜る。

その時、天啓が降りた。

クローヴィンケル自身にとっての美食とは、つまり〝暮らしの営み〟に他ならない。

貴族にとっての祝宴も、農民にとってのせめてものもてなしのスープも、鉱山の労働者が僅かな休憩時間で腹に詰め込むトンコツラーメンも、全ては〝暮らしの営み〟から成り立つ食の極み。

その環境の中で至高を目指し、究極に到達することを夢見る。

気付いてみれば、当たり前だった。

美食という山に頂はない。

ただそこに世界があり、人がいて、食がある。

そのそれぞれに美食の形があるというだけのことだ。

クローヴィンケルはハシを動かす。

麺を食べ、カエダマを注文し、ベニショウガを加え、カエダマを注文し、カラシタカナを加える。

食べることが、楽しい。

輪舞《ロンド》のように食が進む。

これもまた、一つの食の到達点に違いない。

腹を満たし、気持ちを満たす。身体が温かくなり、気持ちが自然と穏やかになるのを感じた。

満腹は、小さな悩みなど押し流してしまうだけの力を持っている。食べるというのは、前を向いて生きるということなのだ。

「ありがとね。またきんしゃい」

老店主に見送られ、二人で店を後にする。

「不思議な店だったな」とクローヴィンケルが呟くと、

「ああ。世の中、広い」とピエールが頷く。

出会った時よりも、幾分すっきりとした顔をしているように見えるのは気のせいだろうか。

いや、ピエールもまた、トンコツラーメンに救われたのかもしれない。

迷いの岐路に、一軒の美味い店に出会う。

そういう不思議が人生にあってもいい。

歌おう。食のすばらしさを。生きるということを。

〈食の吟遊詩人〉クローヴィンケルの名声が三国に轟きはじめるのは、このあとすぐのことであった。

# 同じ名前

「乾杯《サンテ》！」「乾杯《サンテ》！」

二人の唱和とともに打ち合わされたグラスが、涼やかな音を立てる。

今日のお祝いの主役は、侍祭《アコライト》のジャンだ。

お祝い、というと少し大袈裟かもしれない。

随分前から取り組んでいた写本が漸く終わり、手当が振り込まれたのだ。

珍しく懐が暖かくなったので、柄にもなくカミーユを誘ってゲンに繰り出した、というのが実際のところである。

開店したばかりのゲンにまだ客はまばらで、カウンターの席につくことができた。

テーブル席でもよかったが、なんとなくカミーユと差し向かいで酒を酌み交わすのは少し気恥ずかしい気分だったのだ。

ヒナタにおすすめの料理を頼む。

いつもならおっかなびっくりだが、お金の入ったばかりの今日は強気だ。

「今日はボクの奢りだから、しっかり食べてね」

「それはもちろん！」

奢りとあれば遠慮はしないのがカミーユだ。

いつも遠慮しているのかと言えばそうでもないが、奢りとなれば更に気合を入れて飲み食いする。それが友人としての礼儀というものだと考えているらしい。

「しかし、写本っていっぱいお金がもらえるんだなぁ」

焼き牡蠣《ユイートルグリィエ》にシロダシとポンズを掛けたものをはふはふと食べながら、カミーユがジャンの腰の合財袋を見るのを感じる。

普段は心許ないが、今日ばかりはずっしりとしていて頼もしい。

「何せ、分厚い本だったしね……いい本になったと思うよ」

装幀まで完成したものを見せてもらったが、立派な本に仕上がっていた。

丁寧に装飾された本をみると、わくわくする。それが自分の携わったものとなればなおさらだ。

今回ジャンが依頼されて写本したのは、ルーオ帝国以前の思想家の著書だった。

表には出回らず、死蔵されている類の稀覯書《きこうしょ》だ。

今ではあまり読む人もいない古い本なので、羊皮紙もぼろぼろになっており、皆が嫌がって引き受けなかった一冊だった。

書帙《しょちつ》の修復や筆写は下級聖職者や貧乏学生の大切な収入源で、ジャンのように教会からの手当のほとんどない者にとっては特に重要になる。

「昔からジャンは凝り性だったしな」

「そうかなぁ。まぁ、そのお陰で助かっているんだけど」

筆写を担当する聖職者は教会で割り当てられることが多いが、字が綺麗だったり飾り文字《カリグラフィ》が得意だったりすると、特に指名されることが多い。ジャンが今回の仕事を受けられたのも、そういうお得意さんからの指名があったからだ。

普段の仕事ではうっかりの多いジャンだがこちらの面では信頼されていて、難しい仕事は優先的に回されているという帰来がある。

写本は根気の要る仕事だし、一冊分の仕事が終わるまで収入には繋がらない。分厚い本や難解な本になると、それだけ時間もかかるし失敗した時には依頼主の怒りを買うこともある。

元来、細かなことやじっくり取り組むことは苦にならない性分なので、ジャンにとってはそういう本の方が却ってありがたいくらいだ。

楽して儲かる仕事こそ回ってこないが、ジャンにとっては難しい本をじっくり読む機会なので、楽しくもあった。

「ジャンは難しい本が読めて嬉しい。こっちは美味しいものが奢りで食べられて嬉しい。言うことなしだね」

「ほんと、一緒に食べると美味しいよね」

あちち、と言いながら啜るように食べる焼き牡蠣《がき》は、なんとも美味い。

ちゅるんとした食感と、濃厚な旨み。

ポンズのちょっとした酸味も焼き牡蠣の旨みをよく引き出している。

居酒屋ゲンではこの貝をカキと呼んでいるが、ジャンにとっては〈鉄砲貝〉の方が馴染み深い。油断すると「ズドン」と中《あた》るという意味だ。

もっとも、本物の鉄砲の方をジャンは見たことがない。大砲ならお城に行けば立派なものがずらりと並んでいるのだが。

「ジャン、こっちのカキも美味しいぞ」

カミーユがワイン片手に舌鼓を打っているのは、フルーツとブルーチーズのオードブルだった。奇遇なことに、この果実もカキというらしい。

ぱくり。

勧められるままに、カキを口に運んだ。

甘く瑞々《みずみず》しい、それでいてショリっとした果肉に、塩気と濃厚な旨みのあるブルーチーズがとてもよく合う。

なるほど、これはワインの口だ。

追いかけるようにしてワインを含むと、芳醇な香りが更に複雑な調和を産み、至福の味が広がった。目を閉じて混淆する味わいを堪能していると、重厚な哲学書を写し終えた疲労が達成感へと昇華されていく。

「な、美味いだろう？」

〈国王の楯〉として最近ますます活躍しているカミーユは、何でも美味そうに食べる。

その横顔を見ているだけで、ジャンは自然と、頬が綻んでしまう。

潔斎《けっさい》のために食を慎《つつし》まねばならない時期でも、カミーユが何か食べているのを見てしまうと、思わずおなかが鳴るのだ。

これはジャンに限ったことではなく、何人もの証人がいるから間違いない。

それにしても、と改めてカミーユの横顔を見る。

カミーユは、近頃ますます凛々しくなっているようだ。

家庭の事情ではじめた男装の騎士が、性に合っているのだろうか。

はじめは中性的な美しさだけが目を引いていたが、最近ではふと顔をのぞかせる清《せい》冽《れっ》さがその印象に彩りを加えている。

きっと、宮中でも人気が高まっているのだろうな……

柄にもないことが頭に浮かび、頭を振って打ち払う。

カミーユは幼馴染だ。それ以上でもそれ以下でもない。

「このカキっていう果物は本来秋のものだけど、これは氷室で保管しておいたものなんだぞ」

さっきショータロウに説明されたことをカミーユが自信満々に説明する。

ボクも聞いたよ、などとわざわざ野暮なことは言わない。カミーユが楽しければそれでいいのだ。

今日のホストはジャンなのだから、カミーユを楽しませないといけない。

いや、祝われるのはジャンだから……と考えるが、些末なことだ。いずれにしてもカミーユが笑っていれば、それがジャンにとってのもてなしにもなる。

「ところで、この鉄砲貝も果物も、どっちもカキって言うんだな」

焼き牡蠣を手に取り、フォークに刺したカキとまじまじと見較べながら、カミーユが神妙な表情でつぶやいた。

「偶然ってあるよね」

「偶然ってあるんだなぁ」

思わず二人の声が重なる。

一瞬、きょとんと見つめ合ってから、噴き出してしまった。

こういう楽しいお酒なら、いつでも飲みたい。

焼き牡蠣だけでなく、ぷりっぷりの牡蠣をサクサクに揚げたカキフライも運ばれてくる。かぶりつくととろりとしたアツアツの中身が溢れ出てくるのを、二人とも夢中で食べた。

料理がよければ酒が進み、酒が進めば会話も弾む。

「同じ名前っていえばさ」

カキフライの横についてきたパセリをもむもむと口に運びながら、ジャンはふと思い出したことを口に出す。

「ずっと同じ名前の人に恋をし続けてる人がいるんだって」

教会に礼拝に来た人から聞いた噂だった。

なんとも不思議な話だ。

噂の人物が女誑《おんなたら》しということはないらしい。

むしろ身持ちは固く、一途な恋をする。

この街には恋多き男が溢れているから、少なくともそれは美徳だ。

恋が終わればまた次の恋を探す。その相手が、なぜかいつも同じ名前だという話だった。

「知ってる知ってる」

ヒナタにカキフライをもう一皿、タルタルソースたっぷりでと注文しながら、カミーユが応じる。王宮に登城する貴族の供回りが休憩する下馬先《げばさき》では、暇に飽かせて色々と街の話題が俎上《そじょう》に上るらしい。

「〈国王の楯〉の業務の一環として情報収集していると、そういう話も耳に入るんだ」

えへんと胸を張るカミーユだが、要するに暇な時は噂話に花を咲かせているということだろう。

昔、マリーという女性に恋をした男がいた。

一時は将来を誓い合う仲にまで進みかけた二人だったが、男の力に落ち度があって、女に愛想を尽かされたとか、別の男に取られたとか、そういう話らしい。

この街に限らず、東王国では恋人を別の男に取られてしまうのはひどい恥だとされ、後ろ指を指されることになる。

ジャンは少し、その男の人がかわいそうになった。

どういう事情があるにせよ、同じ名前の女性を追い続けるほど好きな相手に袖にされるのは、とてもつらいに違いない。

「ところでさ」

親指についたタルタルソースを舐めとりながら、カミーユがジャンの顔をまじまじと見つめる。

「もしもジャンが、好きになった相手に愛想を尽かされそうになったら、どうする?」

「えっ!」

思わず、言葉に詰まった。

もしも好きになった相手に愛想を尽かされそうになったらどうするか。

そもそも、自分は好きになった相手とどうなりたいのか。

ジャンは聖職者だ。

だが、実際のところ、司祭以上にならなければ妻帯は大目に見られるし、恋愛の自由もある。ジャンが司祭や司教まで昇進することは間違ってもありえないので、その点についてはまったく問題はない。

相手が望めば婿入りすることもやぶさかではないし。

いや、今考えるべきはそういう問題ではなく。

「え、ええと……」

ここはうまく切り返さなければならない。

「あ、じゃあ、カミーユならどうするの？」

これはいい切り返しだろう。きっとうやむやにできるはずだ。

しかし、カミーユは予想に反して余裕綽々《しゃくしゃく》だった。

「ボクがもし、好きになった相手に愛想を尽かされそうになったら、だね……」

「愛想を尽かされそうになったら……？」

ふふん、と得意げな表情のカミーユが、ジャンの皿のフライにえいやっとフォークを突き立てる。

「美味しいものを相手に譲って許してもらうね」

「あ」

楽しみにとっておいたカキフライを、ぱくりとカミーユが頬張った。

ああ、と少し残念に思うが、カミーユが実に美味しそうに食べているとどうでもよくなる。

まぁ、これでカミーユに愛想を尽かされないのなら安いものだ。

「ゴホン」

そんなことを考えていると、カウンターの隣の席から咳払いが聞こえた。

見ると、時々ゲンで見かける常連客がカキフライを食べている。

確か家庭教師のアナトールという人だ。

「あ、すみません。うるさかったですか」

「いや、そういうわけではないんだが……」

なぜか妙に気恥ずかしそうな顔をしているアナトールに、ジャンとカミーユは小首を傾げる。

「……えっと、何か？」

「あー、いや、その、マリーという同じ名前の女性にフラれ続けている男の話って、有名なのか？」

アナトールに尋ねられ、カミーユが目を輝かせる。

「もちろん！　老若男女が知っているとまではいかないが、かなりの人間が知っていると思うぞ。実は私の友達の友達もマリーという名前で……」

そこまで言ったところで、アナトールがもういいと手を突き出しながら俯いた。

怪訝な顔をするカミーユの袖を、ジャンは引っ張る。

「ジャン、この人は……」

「カミーユ、だから、この人、なんだよ」

あっ、と叫びそうになるカミーユの口を慌てて押さえる。

今まで自分の噂について聞いたことがなかったのだろう。

カキフライを食べ終えたアナトールが、支払いを済ませて席を立つ。

その煤《すす》けた背中を見送りながら、ジャンはカミーユのためにもう一皿カキフライを頼む。

（しかし、同じ名前の相手に恋し続ける人が実在するなら、〝最初のマリー〟は誰なんだろうか）

ふとした疑問は、カミーユがカキの皮のキンピラを絶賛する声に紛れて、消えた。

# 劇作家とがんもどき

異世界居酒屋「げん」

「今度の課題は自分でやってくれよ」

「次は手伝わんからなー」

「ありがとう！　このお礼はいずれ出世したら返す！」

「いや、バンジャンマン、お前は出世しないだろ……」

「ま、そのうち、酒でも奢ってくれ」

おう、と挨拶もそこそこに、パンジャンマンは友人二人に背を向ける。

今晩も二人と一緒に飲みに行きたかったのだが、今のパンジャンマンにその余裕はなかった。

〆切。

パンジャンマンは、〆切に追われているのだ。

パリシィア大学の出す自由八課の課題ではない。

演劇の脚本を、書き上げねばならないのだ。

不良学生パンジャンマンというのは、世を忍ぶ仮の姿。

正体不明の大人気劇作家〈エクレール〉こそが、自分にとっての真の名前だ。

言わば、劇作家であるバンジャンマン自身が、学生という役を役者のように演じているようなもの。もっとも、〈エクレール〉という劇作家としての名は、師匠とバンジャンマンの二人で一つの名前なのだが。

東王国《オイリア》の王都《パリシィア》は今、様々な劇団が覇を競う群雄割拠の時代。

宗教劇に歴史劇、喜劇、悲劇に即興劇。野卑な言葉で人を笑わせる道化も人気だ。

いくつもの座がいつもどこかで興行を打っているが、バンジャンマンとその師匠はいずれの座にも属していない。

座付きになれば収入は安定するが、お約束を求められる。

一度流行したモチーフを易々と手放せる座長はそれほど多くないからだ。

同じような脚本を粗製乱造して瞬く間に飽きられてしまった劇作家を、バンジャンマンは嫌というほどに見てきた。

自由に、筆の赴くまま、面白い劇を書く。それが主義《モットー》であり、生き方だ。これまでもそうしてきたし、これからもそうしていく。

ただ、問題もないわけではない。

保守的に過去の作品を真似ないということは、常に新しい挑戦を続けなければならないということだ。

つまり、今のバンジャンマンは、俗にいうネタ切れ状態だった。

何か書かねばならないが、どの案もしっくりこない。

そんなことを考えながら歩いていると、不意に一軒の居酒屋が目に止まった。

見慣れない異国風の店構え。

漂う香りは温かで胃の腑を刺激する優しいものだ。

腹を満たすだけなら冒険はしない。

どうせ新しい店に行くなら、友達と行くほうが楽しいに決まっているからだ。

だが、こういう店では何か話のタネが見つかるかもしれない。

ほんの少しだけ逡巡してから、バンジャンマンは硝子の引き戸に手をかけた。

「さてと、人間観察を兼ねて、何か食べて行きますかね」

一歩店内に踏み込むと、思わぬ暖かさに驚かされる。

気付かぬうちに身体が冷えていたようだ。

羽ペンを握りすぎて悴んだ指先に、少しずつ血が戻ってくる。

大学の冷え切った教室で友人二人と頭を突き合わせて課題を説いていたのだから、無理もない。

「いらっしゃいませ！」

明るい声に迎えられて、誘われるままにカウンター席に腰を下ろす。

面白い店だ。取材がてらにこれまで師匠に連れられて何軒も酒場を回ってきたが、こんな店ははじめて見る。

明るく、清潔で、何よりも暖かい。

まるで、劇の中の世界のようだ。

調度も見たことのないものばかりで、いちいち珍しく思える。

東王国風でも、帝国風でも、聖王国風《ルプシア》でもなければ、連合王国風でもない。

強いて言うなら……

考えを虚空に遊ばせているところで、声をかけられた。

「ご注文はどうなさいますか？」

ヒナタという黒髪の女給仕に尋ねられ、腹をさする。

人間観察だけのつもりだったからエールの一杯でいいかと思っていたが、この店がどんな料理を出すのかが気になった。

どうせ部屋に戻っても、硬くなった黒パンとチーズが待っているだけだ。

「エールを。それと、何か煮込み料理もあるとありがたいな」

普段は師匠か大学で一緒に学んでいる悪友二人に注文を任せているから、自分で何か注文するのは久しぶりだ。

彼らはパンジャンマンのことを弟か何かとでも思っているのか、やたらと物を勧めてくる。

確かにパンジャンマンは小さい。

ひょろっともしている。

だが、弟扱いされるのは心外だ。

いつかあいつらより大きくなって、ご飯を食べさせ返してやるのがパンジャンマンの密かな野望である。

「お待たせいたしました！　ビールとがんもどきの含め煮です」

「ガンモドキ……？」

聞いたことがないし、見たこともない。

スープ皿の中に不思議なかたまりが三つ並んでいる。

木匙で触ると、柔らかい。

パンジャンマンは食べやすい大きさに割って口へ運ぶ。

ふわり。

柔らかい食感とともに、スープの温かな旨味が口の中に広がった。

不思議な食べ物だ。

ふわふわと頼りない歯ごたえだが、それでいてスープの味はしっかりと沁みている。

普段硬くなった黒パンとクズ野菜のスープしか食べていない身には、ありがたい。

口の中が温まったところへ、エールを一口。

苦みのあるキュッとした味わいが、喉に嬉しい。

ガンモドキを一口。

そこへまた、エールを一口。

思わず、口元が緩んでしまう。

スープで酒を飲むと身体に負担が少ないというのは師匠の受け売りだが、これはなかなかよいかもしれない。

それにしてもこのガンモドキ、いったいどういう食べ物なのだろうか。

肉ではない。

卵でもない。

パンでもなければ、魚でもない。パイでもフリットでもないとなると。

師匠は言った。

どんなものにも歴史があり、物語がある。

その物語の一番面白い部分を組み合わせて、劇の脚本はできあがるのだ、と。

パンジャンマンも、そう思う。

人間観察を続ければ、人々の暮らし、その喜怒哀楽の中には無数の語られざる物語が秘められていることが見えてくるものだ。

その端々に潜む仕草や表情が、言葉以上に劇を素晴らしいものにする。

劇作家とは、脚本を通じて演者に別の人生の息吹《いぶき》を吹き込んで演じさせ、観客に別の人生を垣間見せる仕事だ。

必要なのは、知ること。

その息吹を描くこと。

たとえそれが同じ名前の女に懸想《けそう》し続ける純愛の男の話であっても。

家名を残すために女だてらに騎士となって王家の藩屏《はんぺい》となる男装の麗人騎士の話であっても。

水の味で山が火を噴くことを言い当てて人々を救った話であっても。

再会すべき人を再会させる不思議な護符の話であっても。

あるいは、妖精に誘われてはるか遠くからやってきたと語る老婆の話であっても。

人や事物の歴史と物語を知ることは、全てが作劇の肥やしとなる。

「ちょっと訊きたいんだが」

店内を忙しそうに、それでいて危なげなく走り回って給仕をしている少年を呼び止める。

「どうなさいました?」

笑顔で応じるリュカという少年に、パンジャンマンは尋ねた。

「このガンモドキという食べ物、どうやって作っているんだ?」

給仕ではなく、料理人に尋ねるべきだったろうか。

特にこの少年は給仕の中でも一番若い。ガンモドキについて詳しく知っているだろうか。

そんな不安がパンジャンマン、いや、劇作家〈エクレール〉の胸に去来するが、まったくの無用だった。

「ガンモドキ、というのはトーフを砕いて作る料理です。このトーフというのは豆を加工して作るのですが、これにはいくつかの段階があります。まず水に一晩漬けたダイズという豆を臼《うす》で潰してその汁を絞ります。これを煮込んだところにニガリというものを加えて……」

「ああ、分かった、分かった、すまん。ありがとう」

耳慣れない言葉が次々に飛び出してきたが、恐ろしく手間をかけた料理だ、ということだけはよく分かる。

「で、そこまで手を加えてせっかく作ったトーフっていうのを、なんでわざわざ砕いて別の料理にするんだ？」

「肉の代わり、という説があります」

厨房で調理をしている二人の料理人のうち、若い方の一人が解説を入れてくれた。

「肉の代わり？」

「ええ」

ガンモドキの生まれた国では、僧侶は肉食を戒律で禁じられていたそうだ。

そのことはパンジャンマンにもよく分かる。東王国でも斎日に肉食を禁じ、身を清める聖職者や敬虔な人々は少なくない。パンジャンマンの実家も、そういう家だった。

「ただ、出家したばかりの人やどうしても肉の恋しい人はいます。僧侶がお客を迎えることもありますから、肉の代わりが必要になったのではないか、という話ですね」

なるほど、とパンジャンマンは小さく唸る。

面白い。

「僧侶のために作られた精進料理が次第に広まって庶民の味になったのが、今のがんもどきです」

確かに教会にも、斎日に肉をこっそり食べるためのレシピがあったはずだ。

こういう心情は、どこの国でも同じなのかもしれない。

その時、パンジャンマンの中で唐突に何かが閃いた。

「閃いた！」

ガンモドキを慌てて口に掻きこみ、エールで流し込む。

値段は分からないがこれで足りないことはなかろうと、銀貨三枚をカウンターに叩きつけるようにして支払うと、すぐに下宿へ向かって走り出す。

忘れないうちに書きはじめなければ。

◇

「そういえばパンジャンマン、あの劇もう観た？」

大学での講義後、隣の席のガブリエルがパンジャンマンに尋ねる。

「あの劇って？」

「『ある僧院の斎日』だよ」

左隣りからマチューが身を乗り出してきた。

修辞学《ラ・レトリック》の授業中に女相手の恋文を書いていたくらいだから、よほど話題に飢えているのだろう。

知るも知らないもない。

『ある僧院の斎日』は外ならぬパンジャンマンの書いた劇だからだ。

戒律に厳しいと評判の高僧が新たに僧院へ赴任してきた。食いしん坊の若い僧侶たちはなんとかして斎日前後の長い禁食日に美味しい食事を食べられないものかと思案し、工夫をする様を滑稽に描き出す、という脚本。

あの手この手で僧院に食べ物を持ち込もうとする僧侶たちの活き活きとした動きや、高僧に見つかりそうになった菓子をどうやって隠すか、料理の匂いをどうやって誤魔化すか。

最後の最後に実は高僧も食いしん坊で、僧侶たちに隠れて蜂蜜を壺で抱えて舐めていたというオチも含めて今パリシィアで大人気の劇だ。

「お堅い宗教劇と同じようなはじまり方で、実際には笑いあり涙ありのすごい劇だよ」

「へぇ」

興奮したガブリエルに素っ気なく応じるパンジャンマンだが、心の中では嬉しくて堪らない。

出来が良かったので師匠にも褒められた。

客の入りがよかったので、劇団から通常の支払いに加えて追加支払いがあったのも嬉しい。

ほかの劇団が似たような話を企画しているというが、それはどうでもよかった。

パンジャンマンにとって大切なのは、次の作品なのだ。

最高傑作は、いつでも次に書く作品。

それがパンジャンマンの主義《モットー》だ。

「で、パンジャンマン。今から劇を観に行かないか？」とガブリエル。

「それよりもさ、ちょっと飲みに行かないか？」

「珍しいな。金でも入ったのか？」とマチューが尋ねる。

「いやなに、いい店を見つけたんだよ」

三人の向かう店は、決まっている。

夕暮れの王都《パリシィア》を、今日も二つの月は優しく照らし出していた。

# 最初のマリー

「マリー様、兵部省弩《ど》兵《へい》総監の奥様よりお手紙が」

「マリー様、教会のアニェス様より祝禱《しゅくとう》会にアデレード殿下をお招きしたいと……」

「マリー様、生糸商ギルドから〈繭糸《けんし》の君〉に御礼の品が届いております」

「マリー様、コタンタンの化粧領について代官から問い合わせの……」

「マリー様」「マリー様」「マリー様」

　東王国《オイリア》王女アデレード・ド・オイリアの筆頭侍女であり側近であるマリーの下には、毎日膨大な数の書類、手紙、面会の申し込みが押し寄せる。

　全てをマリー一人で処理することはできない。不可能だ。

　だから侍女であるマリーにも秘書がおり、マリーに見せる前に整理し、区分し、要約し、順番を整えている。それでもマリーが処理せねばならない案件は膨大であり、総量は想像を絶した。

〈王女摂政宮〉であったセレスティーヌが帝国に嫁して以来、マリーの主であるアデレードの仕事は増えている。

〈幼王〉ユーグの耳に直接入れることの難しい案件を、叔母であるアデレードを経由して進言する。彼女を一種の迂回路としての扱いをしている者がいるのだ。

アデレードは豪放磊落《ごうほうらいらく》に見えて聡明な女性だったから、取捨選択は適切だった。

伝えるべきはユーグに伝え、そうでないものは忘却の川へ投げ捨てる。

或いは中務卿や民部卿、大蔵卿といった適切な部署に話を割り振った。時には奇譚拾遺使にそれとなく話を流すこともある。

とはいえアデレードの負担を減らすのがマリーの務めだ。

正しい判断を下すことのできる英邁《えいまい》な主を戴いているからといって、職務怠慢の悪徳に耽るわけにはいかない。

そういうわけで、マリーの机の上にはいつも書類が積まれ、羽ペンとインク壺が片づけられることはなく、封蝋を融かす匂いが途切れることはない。

「ねぇマリー。貴女、前に休みを取ったのはいつ？」

ソファー《キャナペ》にしどけなくもたれかかりながら、アデレードが尋ねる。

「そうですね……」

すぐに答えようとして、マリーは答えに詰まった。

いったい、自分はいつから休みを取っていないだろうか。

先月？　先々月？　もう少し前？

糸車を回すように記憶を辿るが、思い出せない。

「……三年半前に、半日ほど」

「マリー。これは命令。今日から貴女に十日間の休みを命じます」

降って湧いた休み、というのは、このことを言うのだろう。

マリーにとって、この休みをどのように扱うかというのは難しい問題だった。

とにかく、寝よう。そう思って、たっぷり一日を睡眠に費やした。自分はそれほど眠らなくてもやっていけると思っていたが、眠りというのはいいものだ。

目覚めてみると、驚くほどに頭がすっきりしている。

肌の調子もいい。

これからは時間を捻出しても、睡眠時間を確保した方がいいかもしれない、とマリーは思う。

さて、元気が出たところで解決すべき難問はまだ目の前に残っていた。

職場であるアデレードの執務室と、それに隣接する侍女控室に近づくことは固く禁止されているから、仕事に行くことはできない。厳重に仕事を禁じられているのだ。

王宮と同じ敷地内に設えられている自室にい続けると、妙な気分になった。

とりあえず、部屋を片付ける。

元々、あまり物欲の強い方ではないし、定期的に掃除係が入っているから、すぐに終わった。

次に実家に手紙を書く。

疎遠、といっていい関係なので、実務的な内容を書くだけだ。時候の挨拶と、健康について。

これも大して書くことがないからすぐに終わってしまう。

次に部屋に花でも飾ろうかと思って、断念する。

どんな花を自室に飾るかなんてことを考えたこともなかったし、世話ができるとも思えない。

アデレードの私室に飾る花の組み合わせなら百でも千でも考えつくのに、妙なものだ。

本でも読もうかと図書室へ出向いたら、先手を打ったアデレードによって図書室の使用禁止令が届いていた。この機会に仕事の調べ物をしようとしていたことを見破られてしまったようだ。

司書に頼み込んで、時間を潰すために隣国の詩人の詩集を借りる。

〈食の詩人〉クローヴィンケル。

頁《ページ》を捲ると、珍味《ちんみ》佳肴《かこう》から日常の食卓を彩る料理まで美味しそうな食べ物が次から次へと歌い上げられるので、気分は紛れる。

結局、何もしないままに半日を無為に過ごして、マリーは大事なことに気が付いた。

自分には、休む才能がない。

衝撃の事実だった。

どんな仕事でも卒なくこなすと自負していたが、苦手なこともあったのだ。

暇に耐えられない。

今すぐ仕事に戻りたい。

アデレードのことも部下のことも信頼しているが、自分の残してきた仕事のことが気にかかる。

一度鎌首を擡《もた》げた不安は段々と大きくなり、詩集も頭に入らない。

しかし、主命は絶対。何としても休まねばならなかった。

このまま自室で天井を見つめながら九日間を過ごすのだろうか。

その時、くぅとお腹がなった。

「そっか、何か食べに行こう」

街娘のような格好で王都《パリシィア》を歩くのは、いつぶりだろうか。

貴族の家に生まれると、ただただ散策するだけでも気を遣うものだ。

特に、隣を歩く男性がそれほどの家格を持たない相手だと、あらぬ噂が立つことになる。

昔々の詮無い話をふと思い出し、マリーは苦笑した。

黄昏の街路を行き交う人々は活気に満ちている。三々五々と家路を急ぐ人、一杯ひっかけるために出歩く人々の間を縫うようにして、街を歩く。

目当ての店は、すぐに見つかった。

居酒屋ゲン。アデレードのお忍びにも使った店。

異国情緒溢れるこの店を選んだのは、普段と違うことをしたかったからだ。

ちょうどいい時間帯だから、この辺りの飲み屋には客が多い。

店から足早に出てきた客と、すれ違う。

一瞬、あの人の面影を見出して鼓動が早くなった。

そんなはずはない。もう何年も前の話だし、偶然にこんなところで会うはずもない。

後姿を見ないようにして、マリーは店に足を踏み入れる。

「いらっしゃいませ！」

明るい声に迎えられて店内に入ると、柔らかな料理の香りに胸が躍った。

アデレードの毒味と相伴でいつもよいものを食べているが、こうやって自分の意志で店を訪《おとな》うのは久しぶりのことだ。

勧められるままにカウンター席に座を占めると、ヒナタが注文を取りに来た。

「お酒とお料理は如何《いかが》しますか？」

赤葡萄酒《ヴァン・ルージュ》と簡単なものを、と頼もうとして、少し考える。

「何か変わったお酒と、それに合うものを」

畏まりました！　と元気のよい返事が気持ちよい。明るい給仕をしてもらうと、元気が出る。

運ばれてきたのは、透明なお酒だ。

「鍛高譚《たんたかたん》の水割りです」

タンタカタン。なんとも小気味のよい、面白い名前だ。

タンタカタン、タンタカタン。

舌の上で名前を転がしながら、はじめて飲む酒を味わう。

思ったよりも強い酒精だが、爽やかで香りがよい。

するり、と喉へ滑り落ちていくような飲み口を楽しみながら、出された料理を口に運ぶ。

鶏胸肉のカラアゲに生姜味《ジャンジャンブル》のとろりとしたソースが掛かっている料理だ。ソースはヤマイモという芋を擂り潰したものらしい。ラッキョウという刻んだ漬物《ピクルス》も加えてある。

サクリ、とした食感に、生姜の風味ととろりと濃厚な味。漬物の酸味も、嬉しい。

日頃の仕事で知らずに疲れていたのだろう。

疲労の溜まった身体に、料理の甘酸っぱい酸味が染み渡る。

そこに、タンタカタンをクイッと一口。

口の中の味わいと共に、疲労も喉奥に流れ落ちていく。

美味しい。思わず、口元が緩む。

肴とタンタカタンを追加で頼み、カラアゲの残りに手を付けた。

皿が空っぽになる前に次を頼む段取りが大切だ。

シソ入りチーズ《フロマージュ》チクワ、レンコンのハサミアゲ、北で獲れる珍しい鮭《ソモン》とチーズ《フロマージュ》のマリネ《マリナード》……

どれも美味しく、酒杯が進む。

気が付けば店員と周囲のお客が驚いた顔でこちらを覗き込んでいた。

思わず食べ過ぎてしまったようだ。

「こほん」

急に恥ずかしくなって、口元を拭った。

タンタカタンは、水割りではなく氷を浮かべた生《き》に近い飲み方でおかわりする。

酒精が回り、気分がふんわりとしてきた。

現在と過去を隔てる意識の壁が薄くなり、穏やかで、満ち足りた気持ちが湧き上がってくる。

隣には。

ああ、そうだ。

隣にはもう、あの人はいない。いないのだ。

そのことを悲しむ間もないほどに、自分は忙しく働いた。

くすりと笑みがこぼれる。

忙しく働くことで忘れようとしたのが、いつの間にか働くことが目的になっていったのだ。

忘れようとすればするほど自分は忙しく働くようになり、重宝されるようになった。

あの人はもう、かわいいマリーのことなど忘れて、素敵な恋を見つけているだろう。

別れる時に「素敵な恋を見つけてね」とお願いしたのだから。

そういう関係だった間、あの人はただの一つもマリーの頼みを断らなかった。

きっと最後のお願いも聞いてくれているはずなのだ。

タンタカタン、タンタカタン。

リズムよく響く酒の名前とともに、記憶も思考も踊りだす。

たまには、こういう日も悪くはない。

◇

「アデレード様、お話があります」

翌日、マリーはアデレードの部屋を訪れた。

申し付けられた休みの日数はまだ片手の指より残っていたが、すっかり休み疲れてしまったのだ。

完全に回復した、ということを伝えようと面会を申し込むと喜んで迎えられた。

「よかった！　マリー！　私からも話があるの！」

執務机の上には、大量の手紙と、書類。

他の侍女たちの表情には疲労の色が濃い。

「実はアデレード様、休暇を取り消す命を出して頂こうかと」

「奇遇ね、マリー。実は私も休暇を取り消す命令を出してもいいものかどうか、訊こうと思っていたの」

二人は顔を見合わせ、ぷっと噴き出した。

アデレードが笑いながら、マリーのいなかった間の顛末を説明する。

マリーの残した引継ぎの通りに仕事をしたが、次から次に届く手紙や来客に忙殺されて、少しもうまく処理できなかった、という話にはじまり、笑い話に失敗談。

〈国王の楯〉のカミーユにも仕事を無理やり手伝わせた話。

話を聞きながらも、マリーは休みの間に溜まった仕事を処理していく。

「アデレード様。私もこれからたまに、お休みを頂こうかと」

「それがいいと思うわ。そのためにも新しい侍女を追加で入れて、教育しないとね」

その教育の仕事も自分がすることになるのだろうな、と思ってマリーはくすりと微笑んだ。

疲れたらまた、タンタカタンを飲みに行こう。

そのためになら、少しばかり仕事が増えるのはむしろ、望むところだった。

# 糸の紡ぎ方

降りはじめた雨が、王都《パリシィア》の空を濡らしている。

春の夜の雨。

まだ微かに残る冬の名残を洗い流す雨は、次第に強さを増していた。

街の大路を行き交う人の数は少なく、足早に家路を急いでいる。

客足の絶えた酒場は早々に店を仕舞い、都の夜を雨音と遠雷だけが満たしていた。

「やってるかい？」

「ええ、今日はこぢんまりと」

エリクが転がり込んだのは、居酒屋ゲン。

ある日突然現れた、不思議な店だ。

いつもなら若い二人とまだ子供のような少年給仕がいるが、今日は店主一人。

落ち着いた店の中には他に客の姿もなく、店主が一人で仕込みをしている。

本当は休みなのではないかと少し申し訳なく思いながら、エリクはカウンターに滑り込んだ。

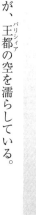

オシボリと、雨を拭うための大きめの布がさっと差し出される。

こういう気配りはありがたい。さすが、ピエールの見つけてきた店だった。

「今日はおひとりなんですね」

頼んだアツカンを温めながら、いつもは黙々と手を動かしている店主が話しかけてくる。

「ああ、ピエールとの飲み歩きの日じゃないんでね」

ピエールが何をしているのか、エリクは知らない。知らないことになっている。

本当は彼が内膳寮の偉い人であるということを知ってはいたが、そんなことは億尾《おくび》にも出さずに付き合っていた。相手がそう求めているのだから、そう接する。エリクの処世術だ。

「そういう親爺《おやじ》さんこそ、今日はひとりかい？」

「ええ、若い者にも休みは要りますから」

この雨だから店を閉めてもよかったが、誰か来るかもしれないと開けている、という風なことを店主のソーヘイは仕込みの手を止めずに言った。

「他の店が休みで、なんだか溺れてしまいそうな夜に、一軒くらい筏《いかだ》になる店があってもいいかな、なんて思いましてね」

表情を変えずに、しかしどこか照れたように言うソーヘイに、エリクは頷く。

実際、溺れそうな気分でここにやって来たのだ。

店の中は静かだった。

普段ほど明るくない店内に、エリクと店主が二人だけ。

時折、聞こえるか聞こえないかという大きさで遠雷が響く以外、湯の沸く音しか聞こえない。

「ちょっと、家に居づらくてね」

コトリ、とアツカンと煮込みの皿とが置かれた期を見計らって、エリクはぼそりと口を開いた。

ソーヘイが微かに頷く。

エリクも反応を返して欲しいわけではないから、ちょうどよい。

「娘に、どうにも嫌われてしまったみたいなんだ」

身の上話をするつもりなどなかったが、一度話しはじめると、後から後から口を衝いて出てくる言葉を止めることができない。

刺繍ギルドのマスター《メートル》であるエリクは、将来を娘婿に譲る準備を進めている。

ギルドの承継は、血縁者かその婚姻相手に限られているので、自然な話だ。

エリクは実の息子が欲しい、後を継がせたいなどと思ったことはないが、まさか娘ばかり続けて五人も授かるとは思わなかった。

娘は五人ともかわいい。

こうなると誰に婿を取らせるか、という問題になるところだ。

意に染まぬ結婚などさせるつもりは毛頭ない親莫迦《ばか》なエリクだったから、二番目の娘が腕のいい職人と相思相愛になってくれたのは都合がよかった。

林檎は熟すれば落ちる。若い二人も、恋すれば成り行きに従うのが自然だ。

そういうわけで二人は結婚し、刺繍ギルドの将来は安泰となった。

「いいことじゃないですか」

肉に串を打ちながら、ソーヘイが合いの手を入れる。

そうなんだよ、とエリクは応じた。

何の不満もない。これで不満があると言ったら、罰の当たりそうな幸せだ。

義理の息子となった婿は同年代の中では頭一つ抜けて刺繍が巧いし、納期も守る。

正直過ぎて将来ギルドを担った時に取引相手の商人と丁々発止のやり取りをすることができるかだけが心配だったが、それも経験を積めば何とかなるはずだ。

〈はじめから紡がれた糸はない〉。

だが。

煮込みを口に運ぶ。

牛のスジ肉をゴボウやダイコンと一緒に、ミソで煮込んだものだそうだ。

お、と思うほど、味が濃い。濃厚で旨味とコクのしっかりと詰まった牛のスジ肉が、口の中でほろりと崩れる。くにくにとしたものはコンニャクというそうだ。

いい。

そこへ、アツカンを入れる。

つるりと口の中へ滑り込んだ温かな酒精の辛さが、また、いい。

思わず片頬が上がってしまうのは、美味さの故だ。

晩飯はもう済ませてきたから、こういう肴と酒はありがたい。

刺繍職人にも他に説明して分からない勘所のようなものがあるが、居酒屋の店主も客の腹具合を推し量るコツのようなものがあるのかもしれなかった。

「刺繍糸を継ぐのは結構、難しいんだ。ギルドも一緒で、継ぐのはなかなか難しい」

エリクも、そこで苦労させられたのだ。

実を言えばエリクも入り婿で、先代のギルドマスターの娘を娶《めと》った。

とても気立てのよい娘だったし、今もよい妻だ。

問題なのは夫婦仲ではなく、周りの職人たちの方だった。

先代のマスターが、並外れて優秀過ぎたのだ。刺繍糸を継ぐのは、いつも難しい。

些細なことであっても先代とエリクの方針が違えば、職人はこぞってみんな先代に肩入れする。

それはいい。横並びつもりだったのが娘婿として選ばれるのだから、仕方ない。

先人の知恵は請うてでも教えてもらうべきだ。新しいことはその上でやればいい。

ただ、肉を食べるか魚を食べるかということでまで先代に票の集まる状況は、まだ若かりし頃のエリクにとってはつらかった。

確かにいい経験ではあったが、避けられるものなら避けたかった思い出だ。

だから、エリクは娘婿にそういう苦労をさせないように気を配っている。

「ああ」

ソーヘイが口を開いた。

「それは、つらいでしょうね」

何をしているのか、察したのだろう。

エリクの片頬がまた上がった。今度は美味さではなく、自嘲のためだ。

このところ、エリクは職人たちに厳しく接している。

もちろん職人に何か不満があるわけではない。むしろよくやってくれている。

ギルドのマスターを続けていけるのは職人たちのお陰だから、感謝しかない。

しかし、敢えて厳しく当たらなければならなかった。

出来のよい者にも「もっとできるはずだ」と叱咤し、納期を早め、難しい仕事を割り振る。

厳しく当たれば当たるほど、エリクから人心は離れ、娘婿の方へ職人は寄っていくのだ。娘婿をエリクと同じ目に遭わせるわけにはいかなかった。

刺繍糸を継ぐのは、いつも難しい。

「娘さんは、それに反対している、と」

「婿もね」

優しい二人だよ、と言いながら、エリクはアツカンのチョコに口を付けた。

一盞《いっさん》ごとに、腹の底が温かくなる。

「……煮物を作るコツは」

手塩皿に少し煮込みを取って味見をしながら、ソーヘイは続けた。

「温めた料理を、一度冷ましてやることです」

「へぇ」

はじめて聞く話だ。料理の工夫やコツを自分から話したがる料理人はほとんどいない。それぞれの家庭にそれぞれの味があるというが、実際にはそれしかやり方を知らないだけだ。

「ずっと煮込んでいるより、火から離して冷ましている時に、味が沁《し》みるんですよ」

なるほど。エリクは自分の頭を撫でた。

「助言、ありがとう」

あまり娘夫婦やギルドの運営に構い過ぎず、そっとしておけ。

ソーヘイの言葉は、エリクにはそう響いた。

時間が解決することがある。

時間にしか解決できないことも、ある。

直接誰かに言われれば反発してしまうかもしれない助言だったが、不思議と腹も立たない。しっかりと味の沁みた煮込みを既に食べているからだろうか。

「いえ」とソーヘイは人差し指で頬を掻く。

「ただ、煮込みのコツを話しただけです」

くくく、と笑いが漏れた。

笑っているのは、エリクだ。

こんなに下手な嘘は、はじめて見たかもしれない。

あの世間慣れしていない婿でも、もう少しマシな嘘をつく。

だが、こういうソーヘイの不器用で押しつけがましくない優しさが、エリクにはなんとなく嬉しい。

「今日の酒は、いい酒だ」

「ありがとうございます」

ソーヘイが頭を下げる。

酒の銘柄を褒められたと思ったのだろう。いや、それとも腹芸なのだろうか。

今のエリクには、どちらでもよかった。ただただ、心地よい。

意外に酒精が回っているのかもしれないが、それもまた悪くない気分だ。

「アツカンを、もう一本」

はい、とソーヘイが応じる。

牛スジ肉の煮込みも、もう一杯よそってくれた。やはり、美味い。普段飲んでいるワインなんかとは違うが、こういう酒もまたいいものだ。

つくづく、ピエールはいい店を見つけてくれた。

飲んで食べ、食べて飲む。

そんな風に酒を愉しんでいると、店の表で大きな音が聞こえた。

「すみません、義父を探しているんですが……」

ずぶ濡れの顔をひょっこりと覗かせたのは、娘婿だ。

えらく憔悴した顔をしている。

考えてみればこんな雨の晩に断りもなく家を出て、しばらく帰らなかったのだ。不安にさせてしまうのも当然と言えば当然だ。

「おう」

「おうって……ああ、いや、とにかくお義父さんが無事で安心しました」

ソーヘイがいつの間に取り出したのか、身体を拭う布を婿に渡す。

「婿殿も、こっち来て座れ。一杯やろう」

「あ、でも……じゃあ、一杯だけ」

いろいろ考えて手を加えるより、冷まして味を沁みこませる。

そういう関わり方もあるのだ。

雨は、いつの間にか小降りになっていた。

婿が一盞飲み終える頃には、きっと、止んでいるだろう。

# 再会



休日は、素敵だ。

お楽しみのある休日は、もっと素敵だ。

休みなく働く生活が続いたせいか、マリーにはまだ、完全に真っ白な休みを心から愉しむ方法が分からない。逆に、疲れてしまう。同僚に尋ねてみても、「寝ているだけで一日が終わる」とか、参考になる返事は返ってこない。

それならば、とはじめから休みの予定を組んでしまうことにしたのだ。

けれどもあまり忙しくしてしまうとアデレードに叱られることになる。

この優れた主人は部下がどのように休日を過ごしたかについて大変に関心を持っていて、働き方よりも休み方の方を見ている節があった。

侍女の誰それがどこの誰と逢瀬《おうせ》を重ねているという風な話には、とても詳しい。

それならばなぜ、マリーが三年半も休みを取っていないことに気付いていなかったかと言えば、要するに貴人にありがちな悪癖として、距離の近すぎる人間のことを、自分とほとんど同一視してしまっていたからだろう。

アデレードが余暇に羽を伸ばしている時、隣に侍《はべ》っているのは常にマリーだ。

いと賢き〈繭糸の君〉といえども、勘違いはある。

王女が休暇を満喫している横で、筆頭侍女が同時に心と体を休められるはずもないのだが、何となしに休みを与えていたという錯覚に陥っていたのだ。

しかし、それも先日までのこと。

今ではアデレードもマリーに休みを与えるようになった。

周りの侍女たちも、マリーがいない中での働き方を学びつつあるところだ。

もちろん、休み明けにマリーの机に処理すべき書類が堅固な城塞を建設していることに変わりはないが、それでも以前に較べれば、比較的攻略が容易になってきたという微かな気配がある。

そういうわけで、今日のマリーは休日を心ゆくまで愉しむことにしたのだ。

休日の予定といっても、大したことではない。

しっかりとした予定を入れてしまえば、本業と同じく緻密な計画を練ることになり、却って疲弊してしまう。

今日は、昼まで寝る。

起きたら詩集を読み、日が暮れたら居酒屋に行く。

そして、飲んで食べて、後は家に帰って寝る。

完璧な休日の予定だ。

特に、居酒屋の部分がよい。美味しい酒と肴は、マリーの休日を実り豊かなものにしてくれる。

「いらっしゃいませ！」

少年給仕の元気のいい声に迎えられ、居酒屋ゲンに足を踏み入れる。

早い時間に来たからか店内はまだ空いていて、マリーのように居酒屋に慣れていない客にもちょうどよい雰囲気だ。

この店を訪れるのも、もう三度目。

見知らぬ店を訪れる昂揚感《こうようかん》こそ失われたものの、代わりに気安さと愛着とが湧く。

嬉しいことに店の側でもこちらのことを憶えてくれているようだ。だが、敢えてそれを押し出してくることはない。

この辺りの絶妙な距離感が、マリーには合っていた。

頼むものも決まっているので、躊躇いはない。

勢い込んでカウンターに腰掛けると、「タンタカタンと、何か美味しいものを」と注文する。

これで至福の時は約束された。

あとは珍味佳肴を味わいながら、休暇の夜のひと時を酒精に溶かしていくのだ。

注文も終わり、「んー」と伸びをする。

前の休みから今日までしっかりと働いたから、お酒が美味しいに違いない。

「えっ？」

その時、隣の席から、戸惑ったような声がした。

どこか聞き覚えのある、しかし久しく聞いていない声。

恐る恐る振り向くと、そこにはいるはずのない人間が座っていた。

「お、お久しぶり……」

所在なさげに手を振り、精いっぱいの勇気を振り絞った風なぎこちない笑みを浮かべる男。

アナトールだ。

昔々、まだ王宮に出仕する前のマリーと、淡い仲だった相手。

どうしてここにいるのだろうか。

これまで幾度となく、雑踏で、祝祭で、時には王城の中でさえ、面影を探していたというのに、いざ顔を合わせてみると、気の利いた言葉ひとつ出てこない。

言いたいことがあったはずなのに、絞り出すように出てきたのは、紋切り型の挨拶だった。

「お久しぶり……です。お元気ですか？」

「ええ、まぁ」と答えるアナトールの声に、堪らなく懐かしさを覚える。

しかし、会話はそこで途切れた。

「……」

「…………」

顔を見ることもできず、俯き、二人とも押し黙る。

会っていない時間の長さがそのまま、深い溝になって二人の間に横たわっていた。

「お待たせしました！　鍛高譚で、す……？」

酒を運んできたヒナタが二人の様子を見て、首を傾げた。

沈黙。

まるで貰われてきたばかりの猫のように、二人とも口をきかずにじっとしている。

ただ、その沈黙は、重苦しいものではなく、付き合いはじめたばかりの若い男女の

それに似て、どこか甘く、気恥ずかしく、柔らかな雰囲気を醸し出していた。

「あ、あの」

「えっと！」

沈黙を破ろうとして、二人の声が重なる。

そしてまたお互いに譲り合い、沈黙が続くことになる。

付き合いはじめた頃の逢瀬のようだ。

この空気の全てが懐かしくて、思わずくすりと笑ってしまった。

「あ、そうだ！　これ、美味しいんだよ！」

アナトールが笊に盛った料理を差し出してくる。

トリナンコツノカラアゲ。少し生姜の味を利かしていて、美味しい。

タンタカタンにも、よく合う。

マリーの前にも、トマトとモッツァレラチーズのカプレーゼや、海鮮をパンの上に大胆に乗せたブルスケッタが運ばれてきた。

「どうです？　二人で分けませんか？」とマリーが尋ねると、

「よ、喜んで」とアナトールが応じる。

「それにしても」

アナトールはマリーを頭のてっぺんから爪先までしげしげと眺め回した。

「……本当に、マリーなんだよな？　本物の？」

その口調に、思わずくすりと笑みが漏れる。

「とてつもない偶然だけどね。王都にいったい、何軒酒場があるか知ってる？」

マリーが悪戯めかして尋ねると、どちらともなく二人の間に笑いが生まれた。

とても不思議な感覚だ。

乾杯《サンテ》とグラスを打ち合わせれば、時間はあの頃へと巻き戻る。

穿《うが》たれた溝を埋めるように、二人の間に話題は尽きない。

お互いのこと。

健康のこと。

家族のこと。

まだ詩は好きなのかということ。

マリーの仕えている「名前の出せないあの人」は、実際にはどうなのかということ（アデレード王女については城下にもいろいろと噂があるらしい！）。

マリーが城に上がる前に別れてから、一度も会っていないというのに。

会話が弾めば、お酒も進む。

マリーはタンタカタンを。アナトールは赤ワインを。

もちろん、肴も美味しい。

ほろ酔い加減が舌の回りを軽やかにすれば、話題は汲めど尽きせぬ泉のようだ。

「じゃあ、今は家庭教師を？」

「ああ、王都では法服貴族を目指す学生には事欠かないからね」

あの頃のアナトールは、自分も法服貴族を目指していた。

なかなか登用試験に合格しないアナトールを、マリーは応援し、時には叱咤していたものだ。

今もまだ彼が登用試験に合格していないのは、ひょっとすると自分のせいだろうか。

いや、そこまで彼の人生に占める自分の存在が大きかったと思うのは、単なる自惚れだろう。

マリーはマリー、アナトールはアナトール。

一度は寄り添った二つの人生も、今は離れて歩んでいるのだ。

タンタカタンのグラスを口にしながら、ふと考える。

あの時は、アデレード殿下に出仕する以外の未来を考えることなどなかった。

才媛マリーは〈繭糸の君〉の宮に奉職するのが、天命のように思えたのだ。

それでも、もし……

マリーは、立ち上がる。

「あ、あの、今宵はこれにて失礼します！」

「え？　あ、ああ……」

明らかに失望した様子のアナトールに、少し胸が痛む。

結局、今の彼が既婚なのか、決まった相手がいるのかを尋ねることはできなかった。

あの日、彼には「新しい恋を見つけてね」とお願いしたのに、いざとなると、訊くことさえできないのだ。

「今日は、久しぶりに会えて、楽しかった」

「私も」

もう少しここで飲んでいきたい、という気持ちを、鋼の精神で抑えつける。

未練だ。

マリーは、アナトールを振ったようなものではないか。

今になって執着を示すのは、アナトールに申し訳が立たない。

「また」とアナトールが微笑む。

「また」とマリーも答える。

肩が触れ合いそうに近い酒席だったのに、どうしてこんなに二人の距離は遠いのだろうか。

マリーの吐く溜息を、二つの月だけが見ている。

常に仕事を忘れない〈繭糸の君〉の筆頭侍女は、今、どうしようもなく、一人のマリーだった。

◇

「あー、くそう！」

グラスの赤ワインをがぶりと飲み干すアナトールに、ひなたはかける言葉がない。

「ワイン、お代わり！」

グラスを突き出すアナトールを、リュカが「お客さん、もうそのくらいに」、と窘める。

ひなたは正太郎と顔を見合わせ、肩を竦めた。

マリーは、きっと、いや、間違いなく、マリーなのだ。

そのマリーと再会して、何ひとつ言えなかったのだから、飲みたくなる気持ちはよく分かる。

「……あれ？」

そう言えば、アナトールの〈寝取られ男《コキュ》〉というのはどういうことなのだろうか。アナトールの意中のマリーがあのマリーなら、あのマリーをアナトールは誰かに取られた、ということになるのか。

「思っている通りだが、思っているのと違うよ」

むむむ、と考え込むとひなたに、アナトールが声をかけた。

カウンターに突っ伏し、酔眼《すいがん》で見上げながら、酒臭い息で続ける。

「オレは、マリーの人生を邪魔したくなかった。王宮に上がるマリーの釣り書きに、一点の染みも許せなかったんだ」

才媛マリーはあまり家格の高い貴族の出ではなかった。

王女の侍女というのは、望外の就職先だったのだ。

それはもちろん、法服貴族の登用試験に落ち続けている人間の伴侶になるよりも、よほど素晴らしい未来に違いない。

だから、アナトールは身を引いた。マリーにも気付かれぬように別れ話に持っていき、相手に振られたという風に始末を付けたのだ。

万年不合格男に振られたとあっては、才媛も傷つくだろうと考えたからだった。

「〈寝取られ男〉なんて仇名は、自分で流したんだよ。自分を道化にすることで、マリーの方へは誰の関心も向かないようにしたかったんだ」

べろべろに酔っぱらったアナトールは、誰に向かって語っているのだろう。

きっと、他の誰でもなく、自分自身に向けて語っているに違いない。

「マリーの望むことは、何でも叶えてやりたかった。マリーがオレに新しい恋を探せと言うなら、その通りにした」

でも、とアナトールは自嘲の笑みを浮かべた。

騒がしい雑踏の中でも、自分の名前を呼ばれれば、鋭くその声を拾う。

それと同じように、アナトールがどれだけ腐心してマリーの名前を忘れようとしても、マリーという名前を、無意識に拾ってしまうのだ。

「恰好悪いよなぁ……」

そうなのだろうか。ひなたには、分からない。

いつの間にか、アナトールは小さな寝息を立てはじめた。

酔い潰れたアナトールの寝顔はしかし、どこか嬉しそうだ。久しぶりに、マリーに会えたからだろうか。

二人はまた、出会えるのだろうか。

揺り起こそうとすると、草平が小さく首を振った。

「寝かせておいてやんな」

そういう夜もある。草平が呟くと、正太郎も頷いた。

風邪を引かないよう、アナトールにタオルケットをかけてやっていると、別の客が入ってくる。

「いらっしゃいませ！」

リュカの元気な声が響く。

新しい客たちはアナトールの方に一瞥もくれることなく、自分たちの話で盛り上がっていた。

それぞれのお客に、それぞれの人生がある。

居酒屋というこの小さな空間、そこで酒と肴を愉しむ短い時間。

無数の人生が、この限られた空間と時間で交錯する不思議を、ひなたは考えた。

それはきっと、ひなたが感じている以上に、素敵なことなのだ。

今日も、居酒屋げんは元気に営業を続けている。

美味しい酒と肴、そしてそれ以外の何かを楽しみに来る、多くのお客さんのために。

# 家の味



王都《パリシィア》の朝は、早い。

まだ日が昇るか昇らないかという時刻から、パシパシと扉や窓を叩く音が響く。

ドア叩き《ウルトワール》と呼ばれる人々だ。

意味もなくドアや窓を叩くのではない。

まだ眠りの淵にいる依頼人たちを起こすのが、彼ら彼女らの仕事だ。

朝はどの家も木製の雨戸が閉まっているから、それを長い棒で叩いて回る。

仕事に遅れることのできない職人や商人にとっては重宝するようで、あちこちの家がドア叩きを依頼している。

報酬は週にまとめて半銀貨程度。

たまに気前のいい依頼人が、起きた合図と一緒に銅貨で駄賃を投げて寄越すこともある。

大した稼ぎにはならないから、この役を受け持つのは大抵が老人か、職にあぶれた人だ。中には子供の身で長い棒を抱えて器用に走り回るドア叩きもいる。

律儀なもので、ドア叩きは雇い主が起きるまでは立ち去らない。

パシパシ、コツコツと小気味のいい音が小鳥の囀《さえず》りに交じる。

王都の朝の風物詩だ。

だが、リュカの朝はどのドア叩きよりも早い。

まだ暗いうちに起き出すと、家の仕事をさっさと片付けてしまう。

洗濯と掃除。

同居している母親からはそんなことをしなくてもいいと言われているが、そうはいかない。

早く立派な大人になる。

そのためには、仕事の手を抜くわけにはいかない。母親のための朝食も用意して、炊事、洗濯、掃除を終えると、矢のように家を飛び出す。

朝もやの中、まだ眠そうなドア叩きたちの脇を駆け抜けてリュカが目指すのは、勤め先である居酒屋ゲンだ。

ここのところ、リュカは朝食をゲンでご馳走になっている。はじめこそ気が引けたのだが、強く勧められてありがたく頂くことにした。

元から母との生活は経済的に楽ではないし、渡りに船なのだ。

自分一人の朝食代が浮くだけで、家計には助けになる。一食とはいえ、それがひと月になり、ふた月になりと重なれば、莫迦にできない金額だ。

断ってみたのはちっぽけな遠慮だけが理由だった。

心のどこかでは、そうなればいいのにと願っていたのは間違いない。

我ながら、浅ましいことだと思う。

そう思いながらも顔には出さないくらいの分別は、リュカにも備わっていた。

きっと、ソーヘイは気が付いている。

でもそんなことはお首にも出さずに、強く勧めてくれた。ありがたいことだった。

店にはいつも通り、ソーヘイとショータロウ、ヒナタがいる。

朝からショータロウが来るのは、仕込みのためだ。仕込みの少ない日は、昼過ぎに来る。

リュカと同じくナナミも朝が早いようで、顔を合わせることはほとんどない。

ナナミの分の朝食を作るからか、リュカの来る頃には準備万端、必ず料理が湯気を立てて待っている。

「ああ、リュカ。今日も簡単なものだけしかないんだが」

ソーヘイがそう言って準備してくれたのは、オニギリとミソシル。それに、タマゴヤキもある。漬物や常備菜もあるから、簡単な朝食どころか、豪華なものだ。

「いただきます」

見よう見まねでマナーに従う。

こういうものは、まねながら学ぶのが一番の近道だ。

はじめは拙くとも、二度三度と繰り返すうちに自然に身についてくる。

椀に口を付け、一口。

ダシの効いたミソシルに、思わず「ほぅっ」と息を吐く。

温かい。

朝の水仕事を終えたばかりの身体に、この温かさはありがたい。

口から、喉から、胃の腑から、温かさとともに力が全身に漲《みなぎ》って来る。

コマツナとアツアゲという具も、いい。

ミソシルというスープの具はポ・ト・フのように無限の組み合わせがあるように思えるが、その中でもコマツナはリュカの好きな具だった。

シャキシャキとした菜っ葉の歯ごたえだけでなく、ミソとの味の調和がよい。

アツアゲは食べでがあり、ミソシルの味わいにコクと深みを与える意味でも素晴らしい役者だ。それでいて、コマツナとアツアゲの相性もよい。

完璧《コンマリヤージュパルフェ》な結婚のようにというやつだ。この二者だけで炊き合わせても、一つの惣菜として完成するだろう。

ミソシルと、オニギリ。時間がない時に腹を満たすには、最高の献立だと思える。

オニギリは、具の違うものがいくつも作られている。

サケやウメボシ、オカカ、ノリのツクダ煮といった簡単な具材もあるが、凝った具が入っていることも多い。

二人とも、楽しんでやっているのだろう。

手の込んだ具材はショータロウの得意分野だが、稀にソーヘイも面白い具でオニギリを作る。例えば今日のハマグリのシグレ煮は、貝を一つ一つ殻から外して煮しめてから握っていた。

「どうだ？　口に合えばいいんだが」

「美味しいです」

口の中で色々な味が混ざることに、はじめは慣れなかった。

王都の料理、いや東王国《オイリア》の料理はそういう風にできていない。一つの皿、一つの料理を独立して味わうようにできている。

対して、居酒屋ゲンの料理は違った。

口の中で、味を整えている。

例えば、オニギリとミソシル。

ショータロウもヒナタも、ごく当たり前のように、オニギリを口に運び、ミソシルでそれを流し込む。

パンをスープで食べるのとは、違うことだ。

味を混ぜ合わせることで双方の味を高め合うというのは、東王国の料理にはあまり、いやほとんどない考え方だ。

「気に入ったみたいだな」

「はい、このハマグリのシグレ煮のオニギリ、美味しいです」

はじめこそ面食らったものの、この〝口内調味〟とでも呼ぶべき食べ方は、面白い。ソーヘイやショータロウの料理の味付けが少し濃く感じるのも、ゴハンで受け止めることを考えているからなのだ。この〝少し濃い〟味付けが、お酒にも合うようだ。

そのことに気が付いてからは、ますますゲンの料理が好きになった。

客が美味しいと感じるように考え尽くされているというのは、大切なことだ。

「いつもお手数をおかけして、すみません」

「構うことはない。四人分も五人分も、大した差じゃない」

オニギリの皿とミソシル椀を重ねながら、照れくさそうにソーヘイが笑う。

「ところで、昼間は何をしているの？」

食器類とお惣菜《そうざい》の小鉢を片付けながら、ヒナタが尋ねてきた。

「勉強をさせて貰っているんです」

内膳寮で、こっそりと読み書きと算法を教わっている。

リュカは同年代と較べれば字を書けるし読めるが、それでも難しい言い回しや詩的な表現に通じているわけではない。

内膳寮の人々の働いている横で、実際の仕事を横目に見ながら、祖父や父、時には妹の指導で様々な物事を学んでいる。正規の教育ではない。本当なら家庭教師を付けるなど、もっとちゃんとした方法で学ぶこともできるだろう。

しかし、これがリュカにとって、刺激的でとても楽しい。

学ぶことが多いし、身にも付く。

商人と内膳司のやり取りを横目に見る機会など、普通ならあるものではない。

その後は、城から下って祖父母の旅籠の手伝いへ行くこともあった。

「内膳寮っていうことは、レシピとかも見せてもらえるの？」

興味津々といった風にショータロウが尋ねる。

「料理の概要は書いてありますけど、ショータロウさんの帳面のように丁寧に作り方までは書いていませんね……」

料理の作り方は基本的に、秘密に属するものだ。

親から子へ、師匠から弟子へ。

レシピを盗んだことが理由で牢屋へ入れられた人もいる。

「家庭の味、店の味ってことか」

頷くショータロウの言葉が、ドア叩きのようにリュカの心の窓を叩いた。

押し込めていた疑問が、雨戸の隙間から顔を覗かせる。

「あの……」

「ん？」

食器を下げながら、キュウリをパリポリと齧っていたヒナタが器用に首だけこちらに向けた。

「あの、僕の〝家庭の味〟って、どれなんでしょうか？」

「……どういうことだ？」

どっしりとした湯呑みに薬缶から白湯《さゆ》を注ぎながら、ソーヘイは質問の意図を測りかねているようだ。

「えっと、ぼくにとっては祖父母の旅籠の味はなじみ深いものなんです」

豆のスープやポ・ト・フ。

詰め物をした鶏を焼いたり、ぽってり太った豚の脂身をくつくつ煮込んだものをバターみたいにパンに塗ったりする味も捨てがたい。

その一方で、ド・クルスタンの家の味もある。

高級な宮廷料理を差配する家だから、料理は舌で覚えなければならない。

そして、居酒屋ゲン。

晩にだけでなく朝食もご相伴するようになって、ますますゲンの味が身体に馴染んでいる。

三者三様に、リュカを構成する味だ。

「でも、これって変じゃありませんか？」

普通、家の味というのは一つきり。

一人の人間の舌の記憶というものは、幼少期から大人になるまで、一つの味で育てられる。

次代へ繋ぐのも、その味だ。

リュカはそのことに、悩んでいる。

軸がぶれているのではないか。

長いだけで芯のない棒では、窓を叩くこともできやしない。

「いーんじゃないの？」

気楽に答えたのは、ヒナタだった。

「いいって、それは」

「三つとも、リュカ君の味。三倍も家の味があるなんて、かっこいいじゃん」

思いも寄らないことを言われ、舌の上で格好いいという言葉を転がす。

格好いい。

「三つで悩んでいたら、僕なんて大変だよ」

頭を掻きながらショータロウも続いた。

確かに、旅をしてまで色々な味を探求してきたショータロウの継ぐべき味は、無数にある。

なんだかリュカは嬉しくなってしまった。

ちっぽけなことに悩んでいた自分が、莫迦らしい。

「ま、よかったんじゃないか」

よっこいしょとソーヘイが立ち上がる。

「自分の家の味の一つになるかもしれないって悩んで貰えるなんて、料理人冥利に尽きるさ」

呟くようにそう言うソーヘイの口元は、ほんの微かに緩んでいた。

「さ、今日も一日がんばろー！」

ヒナタが思いっきり伸びをする。

今日も居酒屋ゲンは忙しくなりそうだった。

# 【閑話】路傍のダン・ド・リオン

夜の間に雨が降ったらしい。

居酒屋げんの軒先の石畳はまだ濡《ぬ》れていて、雨上がりの香りを漂《ただよ》わせている。

早朝の静謐《せいひつ》な雰囲気が、正太郎は好きだ。

まだ空も白みはじめたばかりの時間だが、王都《パリシィア》ではもう人が行き交《か》っている。

職場へ出勤する職人や、早くも用事を申しつけられた徒弟。商人や、近郊から作物を運んできた農民の姿もあった。

正太郎が朝早くから王都側へ来ているのには、理由がある。

そう、朝市《マルシェ》へ行くのだ。

野菜を満載した荷車を引く農民の後をついて行くと、それらしい広場についた。

東王国《オイリア》の王都には実に多くの朝市が立つ。奈々海から聞いたところによれば、大小で六十から七十ほどではないか、ということだ。

王都は広場の多い都市だが、そのあちこちに朝市が立つのを想像すると、胸が弾《はず》む。

もちろんこれらは日本のスーパーマーケットのように常設ではない。

常に同じ場所で営業しているのは、聖堂の特権的庇護《ひご》の下にある二、三の朝市だけで、その他は自然発生的に毎日露天商が集まるという仕組みだ。

露店の主は商人のこともあれば、農民が持ち込んだ作物をそのまま売っていることもある。

朝市の開かれる市場にいる役人に使用料を支払うという制度だ。

王都の中心部では商人の比率が増えるが、外縁近くでは農民の露店が多くなる。郊外からやってきた農民が近場の広場に集まるのだ。

露店では当然、値段も決まっていない。

正太郎の朧気《おぼろげ》な歴史の知識では、日本でも江戸時代にとある呉服屋《ごふくや》が定価販売をはじめるまでは定価などというものは存在せず、客の顔を見て値段を上げ下げするのは当たり前だったはずだ。

客の側でも交渉したり値切ったりと知恵を働かせていたのだろう。

王都の朝市も同じことだ。

ここでの買い物は単に商品と金銭の交換ではなく、濃密なコミュニケーションのことを指す。

正太郎にとっては楽しい経験だ。

現代の日本で値切り交渉をする機会というのは、ほとんどない。

便利である反面、それを少し寂《さみ》しく感じることもある。

正太郎は貧乏フリーターをしながら、海外へ料理武者修業に出かけていた。

貧乏フリーターの赤貧《せきひん》旅行だ。少しでも切り詰めなければならない。

いつか店を構える資金を貯めるためにも、ケチれるところはとにかくケチろうという方針の旅。今考えると信じられないようなことも平気でやっていた。若さゆえ、ということだろう。ひなたにもちょっと言えないような経験もいくつもある。

それでいて、舌に食材の味を覚えさせようと、貪欲に市場を見て回った。

旅から旅の日々。

バイトに汗を流し、少し貯まると格安航空チケットを探す。

行った先ではバックパッカー用の安宿を拠点に、料理修業だ。食べ歩いて見つけた美味い店に頼み込んで住み込みで働かせてもらうこともあった。

その土地の食生活を知るには、市場を見るのが一番だ。

言葉も通じているか通じていないか分からない中で交渉し、ついには相手を根負けさせておまけしてもらったことも一回や二回ではない。

観光客相手にふっかけようとしていた露天商はさぞかし当てが外れたことだろう。

だが、それも昔のこと。

今は買い物を楽しむ余裕がある。

朝市ははじまったばかりでまだ商品を並べているところだが、野菜や果物の鮮やかな色合いが目に嬉しい。

トマトやナスビ、ピーマンといった日本でもお馴染みの野菜があるかと思えば、黒ダイコン《ラディ・ノワール》や、赤ダイコン《ラディ・ルージュ》、ルタバガ、縮緬《ちりめん》キャベツのようにほとんど見かけないものの、正太郎にも名前の見当もつかない野菜も所狭しと並べられている。

農薬を使ったり選果をしたりするわけではないから、不揃いで不格好で虫食いもある。だが、それを気にする客は誰もいない。

瑞々《みずみず》しい野菜や果物を、丁々発止のやり取りで値切っている。

売り手の方も商品を残して持って帰るわけにいかないので、懸命だ。

「兄さん、このカブ《ナヴェ》はどうだい？」

「こっちのハーブを買わないのは損だね。家のブーケガルニが一気に上等な味わいになるよ」

「うちの黄緑茄子《カモレ》は内膳寮でも使われたことのある一級品だよ。この機会を逃す手はないね」

陽気に声を掛けてくる人々の間を歩いていると、足取りも軽くなる。

気になる品物があっても、すぐには買わない。

広場の露店をぐるりと巡り、品物を見ながら店主と客の交渉をしっかりと聞く。

相手の売りたいもの、おおよその価格帯、客あしらい。

人間観察と言えば言い過ぎかもしれないが、市場を見て回る楽しみの一つだ。

生活のための買い物ではなく、楽しみのための買い物だから、財布のひもは固い。

巧妙な売り口上にもほいほいと乗ってしまう正太郎ではなかった。

気になる食材はあったが、今日は偵察だ。

見たことのない野菜を買うのは、ひなたと一緒に市場へ買い物に来た時の楽しみに取ってある。

「あれ？」

葉物を主に扱っている露店で、正太郎は思わぬものを見つけた。

「すみません、これって……」

腰こそ曲がっているが矍鑠《かくしゃく》とした年嵩の農民が、ほうと目を細める。

「お前さん、お目が高いね。今日のはなかなかいい出来だよ」

「買います！」


「それで、何を買ってきたの？」

「タンポポだよ」

ひなたの前に差し出したのは、籠いっぱいのタンポポの葉だ。

開店前の居酒屋げんにはひなたと草平、正太郎しかいない。

「タンポポ？　タンポポって、あのタンポポ？」

そ、と答えながら水洗いする。

露店で正太郎が買ったタンポポの葉は、二種類。

ごく普通に見かける緑色の葉と、白い葉だ。

「なんでこっちは白いの？　種類が違う？」

ひなたが指で摘《つ》まんで葉っぱをクルクルと回す。ライオンの歯《ダン・ド・リオン》というだけあって、ギザギザだ。

「ホワイトアスパラと一緒だよ。日に当てずに育てると、白くなる」

ほぉ、とひなたと草平が声を揃える。

野生のタンポポの葉は苦みが強い。

その苦みを好む人もいるそうだが、王都では苦みを和らげるために軟白する。

葉の上に畑の畝《うね》の土をかけて、陽を遮《さえぎ》るのだ。

ホワイトアスパラやもやしと同じ似た手法で、こうすることで食感も柔らかくなる。

「タンポポの葉を摘んでおひたしにするってのは聞いたことがあるが、わざわざ育てるんだな」

見慣れているものを改めて食材として見る草平の目は、料理人のそれだ。

正太郎も野草料理の食材としてしかタンポポを見てこなかったから、葉野菜として売っていることに素直に驚いている。

まずは軽く湯掻いて、酢味噌和《すみそあ》えに。

「あ、美味しい」

一口食べたひなたの顔が綻《ほころ》ぶ。

続いて正太郎も、一口。

シャクシャク。

微《かす》かな苦みと、はっきりとした食感が面白い。

これは通好みの酒のアテになる。

「酢味噌和えは、青い葉の方の苦みが料理に合っているな」

白と緑を食べ較べた草平の品評は、正太郎と同じ結論だ。

「次はどうするの？」

「白い方は、サラダが合うんじゃないかな」

それは正太郎も考えていた。

炙《あぶ》ったブロックベーコンと白いタンポポの葉。

そこにエクストラバージンのオリーブオイルとワインビネガーに塩胡椒。

単純なサラダだが、それだけに素材の味が活きるはずだ。

「あ、これ美味しい」

ひょいと摘んでひなたが声を漏らした。

草平と正太郎もフォークを取る。

「……ほう」

「これは……」

ブロックベーコンと合わせたのは正解だった。

緑の葉よりもマイルドな苦みが、豚肉の油脂ととてもよく合う。

「ね、正太郎さん、ビール……」

拝《おが》むように手を合わせるひなたを、草平が制した。

「開店前だ」

それもそうだ。だが、恨めしそうなひなたの気持ちもよく分かる。

思ってもみないほど、タンポポサラダはビールに合いそうだ。

野に咲く草花の思わぬ底力に、正太郎も舌を巻く。

「うー、ビールはなしかぁ……」

愚痴を零しながらも、盛り付けたサラダをひなたはサクサクと平らげていった。

後引く美味さというのだろうか。

身体が求めている、ちょうどよい苦みのサラダだ。

この味なら、かき揚げにするのも面白そうだ。チャーハンに入れるのも面白いかもしれない。

サラダの残りはひなたに任せて、正太郎は開店の準備に戻る。

見れば、タンポポの葉を買ってきた籠の中に、開きかけの愛らしいつぼみが一つ、落ちていた。

つぼみを摘まみ上げ、目の前に掲げる。

日本にも異世界にも、どちらにも咲いている、小さな花。

その場から動くことなく、行き交う人々の姿を眺める。

誰に頼まれることなく咲き、時に人を和ませながら、風に乗って想いを繋げる。

「ね、何考えてるの？」

「いや、タンポポって、居酒屋に似てるかもしれないなって」

そっかな、とひなたが小首を傾げた。

「あ、でもビールが飲みたくなる、というところは似てるかもしれない」

満面の笑みを浮かべるひなたに何か言おうとして、正太郎は小さく咳払いをして誤魔化す。

婚約者の笑顔は、どんな花より美しいと思ったのは、正太郎だけの秘密だ。

# 会計の女

異世界居酒屋「げん」

「悪いね、うちは女一人のお客は入れてないんだよ」

また一軒、門前払いだ。

暑さが足下からまとわりついてくる。

陽の落ちたばかりの王都《パリシィア》は、まだ初夏だというのに気怠《けだる》い暑さと湿気とに支配されていた。

止めどなく滴り落ちる汗を、ソレーヌは手の甲で拭う。

ブリュネットの長い髪は首の後ろで束ねてあるが、湿気を吸ってじっとりと重い。

並の男より無駄に高い身長を引き摺るようにして歩く。

こんな夜には、眠りの国への入国料として寝酒の一杯も必要だろうか。いや、二杯かもしれない。

喉を通り抜ける葡萄酒の馥郁《ふくいく》たる香りを想像して、ソレーヌは小さく首を振った。

今日は酒を愉しむことができない。

理由は簡単で、女一人しかいないからだ。

既に、二軒の店で入店を断られている。

王都では庶民の女性が一人で飲食店に入ることはあまりない。追い出されることや、露骨に嫌な顔をされることも多かった。

例えば貴族の娘であれば店側も文句は言わないのかもしれないが、生憎とソレーヌはそのようにやんごとない身分ではないだろうが、生憎《あいにく》とソレーヌは庶民だ。

自慢ではないが、ソレーヌは稼ぎを持つ女である。

読み書き算盤《アバカス》と帳簿の記法を修めた人間は男でも貴重だ。

まして、金を持ち逃げしたことのない経理経験者となると、稀少価値は跳ね上がる。

そんなソレーヌでさえ、女一人で酒場に入れないのが、この街の不自由なところだ。

店に入れれば奇異の目で見られ、白眼視され、酷い時にはやんわりと追い返される。

ツケで飲む男よりもよほどしっかりとした財布を持っていても、だ。

今日入った店がたまたまそうだった、というわけではない。男と二人連れで行った時には、すんなりと入れてくれた店でさえ、こういう扱いなのだ。

この街だけの話ではない。

漏れ聞くところによれば、近隣三ヶ国のどこであっても女は一人で酒を飲みに行かないものなのだという。信じがたい。

莫迦莫迦しいではないか。酒を飲むのに、口は一つで十分。

とはいえ、ソレーヌも常識人の範疇にある。

女一人で飲めないのであれば、誰か適当に誘うなり連れて行ってもらうなりすればよいのだ。

そう思って、飲酒生活を楽しんでいた。

昨日までは。

打ち水で濡れた石畳を、踏みつけるようにして歩く。

ソレーヌは、女にしては背が高い。そして、顔も悪くない。美人と言ってよい部類に入っていると自分で思う。

そんなソレーヌが怒りを顕《あら》わにして大股で歩くのだから、自然、往来の目を引く。

構うものか、と鼻を鳴らした。

思い出しても腹が立つのは、数日前まで仲良くしていた男、トマの顔だ。

同じ職場の二つ年上。

朴訥そうで、髪の毛がもじゃもじゃで、どこか寂しい目をしている男だった。

ソレーヌよりも背が高いのも、重要な点だ。

気に入っているわけではないが、悪くないと思っていた。

言葉少ななところは、これまでに声をかけてきた男よりも評価できる。

二ヶ月くらいは、色々な店で一緒に飲んだ仲だった。

ところが、だ。

あろうことにそのトマが、金目当てだという話を聞かされてしまった。

若いながらに同業者組合《ギルド》の経理部門の一翼を担っているソレーヌに近付いたのは、金に困っていたからだというのだ。

はじめは嘘だと思った。

トマは、真面目で、純朴そうで、日曜日は聖堂で熱心に祈りを捧げる人間だ。

少なくともソレーヌの金目当てには見えなかったし、疑いも抱かなかった。

だから、念のためと思って問い詰めただけなのだ。

トマははぐらかし、目を合わさず、弁明も釈明も、言い訳さえもしなかった。

彼が仕事を放り出して帰ってしまったと聞かされた時の血の気の引く感覚を、ソレーヌは今でもありありと思い出すことができる。

翌日出勤してきたトマが何か言いたそうに近寄ってきたが、以来、全く口を利いていない。

二人のことをそれとなく知っている上司は気遣ってくれたが、ソレーヌは仕事に邁進した。ここで女々しく泣き濡れてしまえば、それこそ「だから女は」と陰口を叩かれるだけだ。

経理の他の男たちが無能だとは思わないが、ソレーヌが彼らに較べて劣っているとも思わない。机を並べて働く同僚に、弱みを見せるなど、ソレーヌの頭にはなかった。

そういうわけで、いつもよりも精力的に仕事に取り組んだ働く女の脳髄は、酒精を求めている。

美味い酒と美味い肴などと、贅沢は言わない。

一杯の葡萄酒さえあれば、疲れた肉体と精神は明日の朝まで心地よい眠りに誘われるだろう。

「そんな都合のいい店、あるわけないよね」

自嘲に口元を緩めながら、小石を蹴る。

乾いた音を立てながら石畳の間を跳ねるようにして、石は一軒の店の前で止まった。

「……こんな店、あったっけ？」

異国情緒溢れる佇まい。

建物の建築様式からして、あまり見たことのないものだ。

いつの間にできたのだろうか、という疑問は、酒への誘惑の前に溶けて消えた。

ひょっとすれば、ここなら女一人でも酒にありつけるかもしれない。

無理で元々。

勇気とも無謀ともつかない気持ちを胸に、ソレーヌはえいやっと引き戸を開いた。

「いらっしゃいませ！」

元気のよい声とともに、心地よい涼風がソレーヌを迎える。

「あの……女性一人なんですけど」

店員の女性におずおずと上目遣いで尋ねると、意外なほどにあっさりと
「お一人様ですね！　カウンター席へどうぞ！」と案内されてしまった。

拍子抜けだ。世の中には、女性一人でも嫌がらない店があったのか。

悩んでいた自分が莫迦莫迦しくなる。

差し出されたオシボリという温かいタオルで手を拭いながら、頬が緩んでしまうのを感じた。

嬉しい。

一人で居酒屋に来てみたかった。

誰かと一緒に食べるのも飲むのも楽しいが、一人で飲みたいこともある。

孤独には孤独の価値があるのだ。

「ご注文はどうなさいますか？」

まだ年若い少年の給仕に尋ねられ、ソレーヌは顎に人差し指を当てた。

「葡萄酒……にしようかと思ったけれど、女性向けのお酒をお願い。料理もそれに合わせて」

はい、畏まりました、と必要最低限の返事。

ありがたい。

女一人で飲みに来た事情など根掘り葉掘り尋ねられたら、それこそ興醒めだ。

放っておいてくれることが一番の歓待、ということがあるのだ。

ぐるりと店内を見回すが、二人連れ、三人連れ、男の一人きりと皆、好き勝手に飲んでいた。

店員は、店長らしき壮年が一人と、もう一人の料理人。それに女性と少年の給仕が一人ずつ。

誰一人として、ソレーヌを奇異の目で見ることはない。

それぞれの席で静かに歓談しながら酒と肴を愉しむ。こういう飲み方があるというのは、ソレーヌにとって新鮮な発見だ。

「お待たせ致しました。青谷《あおだに》の梅《うめ》の水割りと、クリームチーズのカナッペです」

酒と肴とを運んできたのは、ヒナタという女性の給仕だ。

アオダニノウメ、知らない酒だった。

ウメシュというのは梅《プリュネ》の果実酒だという。

生《き》のままでは強いからと、水割りにしてくれているのもありがたい。

厚手の硝子杯に注がれたウメシュに、口を付ける。

クピッ。

甘い。

水割りにしてなお濃い甘みに、目を瞠る。

口を押さえたのは、思わぬ甘さだけでなく、その飲みやすさに驚いたからだ。

林檎酒《シードル》も飲みやすいが、ウメシュの飲み口はソレーヌの好みに合う。

そこにカナッペをサクッ。

「……あ、美味しい」

クリームチーズの滑らかさはまるでウメシュに誂《あつら》えたようだ。

口の中がチーズの味になったところへ、ウメシュをもう一口。

クピッ。

さらりとしたウメシュがチーズの味を口の中から洗い流す。

美味しい。

自然と口元が緩むのを隠し切れずに、ソレーヌはカナッペとウメシュをゆっくりと往復する。

誰かのペースを合わせる必要もなく、顔色を窺う必要もない酒というのは、こんなに楽しいものだったのか。

「次はれんこんのはさみ揚げです」

運ばれてきた不思議な見た目の揚げ物の姿に、ソレーヌは子供っぽく、「おぉ」と驚いてしまう。

男性と飲みに来た時なら、料理について店員か相手の男性の蘊蓄を聞かねばならない場面なのだが、今宵のソレーヌは自由だ。

フォークを刺して、ガブリと噛り付く。

ザクッ。

じわっ。

外はザクリと揚がっているが、中からジワリと肉汁が溢れ出した。

「あふっ」と言いながら、ウメシュで追いかける。

グビッ、グビッ。

いい組み合わせだ。

じわりと沁みだす肉汁とウメシュの甘さが口の中で絶妙なハーモニーを奏で、幸せな気分が押し寄せた。

構うものか、誰も見ていない。

ガツガツとハサミアゲを口に運び、グビグビとウメシュを飲む。

美味しい。

そして、幸せだ。

「ウメシュ、お代わり！　それと料理も追加で！」

声が大きくなるが、別にそれで注目されることもない。

寝る前の一杯だけ、というつもりだったが、そんな気分はもうどこかへ吹き飛んでいた。

「はい。お待ちくださいね。あ、それならちょうど、ピザが焼けるんですけど、如何です？」

もちろん、いただきましょう。

今のソレーヌに否やはない。

ピザか何か知らないけれど、今ならドラゴンの肉だって食べられそうだ。

お待たせしました、と運ばれてきたのは、平たいというよりも薄いパリパリの生地の上に、これでもかとキノコが載せられた料理だった。

あ、ピザというのはピッツァのことかと得心する。

取引相手の聖王国人《ルプシア》がこんな料理の話をしていたはずだ。

気になってはいたが、一生食べることはないだろうと思っていた料理にこんなところでお目にかかれるとは思ってもみなかった。

おそらく、本当は円形をしているのだろう。皿に乗って現れたのは、半円の分だけだ。

ちらりと見ると、別の席の客がもう半分を食べている。

一枚まるまるは少し多いかもしれないから、これはありがたい。

食べやすいように切れ目が入れてあるので、フォークも使わずに行儀悪く手で掴む。

がぶり。

「んー！」

とろとろのチーズの上に載ったキノコの旨味が堪らない。

そこへ二杯目のウメシュを注ぎ込む。

チーズとウメシュの相性は、やはりいい。

ニィと口角が上がってしまう。

口の端を薬指で拭いながら、ふぅとソレーヌは満足の溜息をついた。

硝子杯に半分ほど残ったウメシュにゆっくりと口を付けながら、余韻を楽しむ。

家にいる以外で、自分ひとりの時間を持てたのは、これがはじめてかもしれない。出勤する時も、帳簿に字を書き込む時も、家から持ってきたバゲットとチーズだけの簡単な昼食を摂る時も、いつもいつも、ソレーヌは見られている。

何をしても「女なのに、よくやった」だの「さすがは女性の感性だ」だのとソレーヌである前に女であることが評価の前提になるのもうんざりだ。

窒息しかけていたのかもしれない。

子供の頃、渓流遊びでどれだけ水の中に潜っていられるかを友達と競ったことを思い出した。

息を止めて、ひんやりとした川の流れに身を沈める。

音がくぐもって、世界が歪んで見えた。

全てがゆらゆらと揺れて見える水の中では、手を動かすにも、足を伸ばすにも、陸の上のように自由にはいかなくて、はじめは楽しかっただけなのが、段々と苦しくなる。あ、ここは自分の居場所ではないんだ、と否応なく気付かされる。

今のソレーヌも、そうなのではないか。

クピッとウメシュに口を付ける。

一人で居酒屋にいるこの時間が、ソレーヌにとっての久しぶりの息継ぎなのかもしれない。

「梅酒、お気に召しましたか？」

不意に、ヒナタが声をかけてきた。

完全に油断していたので、少しおどおどしながら答える。

「え、ええ。美味しいですね。ウメシュ。ピッツァも美味しくて」

ですよねぇ、とヒナタが豪快に笑った。

まるで悩みなんてなさそうに見えるが、そんなことはないのだろうか。

「ねぇ、ヒナタさん」

「はい？」

「貴女、働いていて、つらいことはない？」

ソレーヌが尋ねると、ヒナタは予想外に間、髪を入れずに答えた。

「そりゃありますよ」

パンの仕込みは力仕事だし、前の晩飲んじゃうと朝起きるのが大変だし、掃除は面倒くさいし、あ、でも手は抜いてませんからね？　あと他にも色々と……

指折り数えはじめるヒナタを見て、ソレーヌはぷっと噴き出してしまった。

居酒屋の給仕なんて自分よりもよほど女として見られる仕事だろうに、ヒナタの悩みは全く違うところにある。

結局、人の悩みなんて一人一人違うのだ。

「あれ？　なんかおかしなこと言いました？」

「いえ、とても参考になりました。お勘定をお願いします」

はい、と言ってヒナタの示した金額は、ソレーヌの考えていたそれよりもはるかに安かった。

これならそれほど日を開けずにまた来ることができる。

常連というものになってみるのも、いいかもしれない。

男たちが「自分はどこそこでは常連なんだ」と言うのを聞いて、自分でも気付かぬうちに羨ましく思っていたことにソレーヌは今更ながらに気が付いた。

「ありがとうございました！」

ヒナタとリュカに見送られ、店を出る。

店に入る時の蒸し暑さは和らぎ、少し風も出てきた。

「よし、また頑張りますか」

トマともまた、話してみてもいいかもしれない。

だけど、この店のことは秘密だ。

何といっても、ここはソレーヌが息継ぎできる場所なのだから。

# リュカのお仕事参観

異世界居酒屋「げん」

七人目の客が店に入るのも、アンはカウンター席からじっと見つめていた。

「いらっしゃいませ！」

ヒナタが挨拶し、リュカがオシボリを運ぶ。

入店時の接客、注文取り、厨房への伝達、配膳。

息はぴったりと合っていて、少しもムダなところは見当たらない。

異母兄であるリュカのどんな動きも見逃さないように、兄のリュカに視線を向け続けた。一挙手一投足を目に焼きつける。

開店して間もない時間ながら、今日はなかなかに忙しいようだ。

しかし、その方がアンの目的には合っている。

仕事帰りの職人や交替勤務を終えた衛兵たちが、ガラスのジョッキで黄金色の酒を酌み交わす。

こういう喧噪の中で、兄のリュカはどのように動くのか。

「アンちゃん、今日はどうしたのかな？」とヒナタが問うと、

「リュカ君の働きぶりを観察しに来たらしいよ」とショータロウが答えた。

そう。今日のアンは、リュカの職場参観にやって来たのだ。

アン・ド・クルスタンはまだ幼いながらに東王国《オイリア》内膳寮に出入りを許されている。許されているといっても、さほど大層な身分ではない。祖父であるピエール・ド・クルスタンが前内膳司《さきのないぜんつかさ》だから、特別に置いてもらっているに過ぎない。

時折、宴の賑やかしに配膳を手伝わせてもらうことはあるが、それはアンが実力で勝ち得たものではないということを、アン自身が一番よく知っている。

だから、学ばねばならない。

目で見て、鼻で嗅ぎ、耳を欹《そばだ》て、触ってみて、味わう。

大切なことは、体感することだと祖父は言っていた。文字で読んで学んだことは、体感を通じてはじめて理解に到る。そして、体感したことは言葉に直してみて、明晰《めいせき》になるのだ、と。

難しい言葉はアンにはまだ分からない。

分からないと言うと、ピエールはいつもアンの頭に手を置く。

「分からないものを、分からないままに心に中に置き続けることが、人生を豊かにするんだよ」

その説明もよく分からないのだが、そういうものなのだろう。

アンはまだ幼く、学ぶべきことは山の木よりもたくさんあるのだ。

よく味の沁みた冷製のロールキャベツ《シュー・ファルシ》を食べながら、兄を視線で追い続ける。

もちろん、居酒屋ゲンで働くリュカの姿はよく見ているのだが、今日は視線を外さない。二つの眼で動きを追い続ける。

いつもはどうしても料理に舌鼓を鳴らすのに夢中になってし、きちんと見ることができていなかったのだ。仮に視界に入っていたとしても、それは肉親に対する親愛や憧憬の視線を受けているのであって、観察ではなかったと思う。

だから、アン・ド・クルスタンにとって、今日が兄の働きをしっかりと見る、はじめての日だということになる。

皿を持ってアンの視界を横切る兄は、少し照れくさそうだ。

ごめんなさい、と心の中で詫びる。

見られているというのは恥ずかしい。配膳する時だけでなく、内膳寮にいる時は常に見られている感覚の付きまとうアンには、よく分かった。

ましてや兄の仕事は、まじまじと見られるべきものではない。

客にとっては空気のように、自然にそこに在るものでなければならないはずだ。

だからこそ、余計に申し訳なく思う。

「ご注文はどうなさいますか？」

「ハイボールとワカドリノカラアゲですね」

「お待たせ致しました。ゴロゴロハンバーグです」

「オシボリ、すぐにお取り替えしますね」

お客たちの動きを見て、流れるように注文を取り、料理を運んでいく。

兄の動きにはほとんど余計なところがなく、美しくさえあった。

食事をしながら見ていると当たり前にしか見えないものが、同じ配膳をする者として見ると、まるで違って見える。

「ところでアン……じゃなくて、お客様は、どうして急にぼくの仕事ぶりを見ようと思われたので？」

尋ねられて、アンはえへんと胸を張って見せた。

「ええ、私も先輩になりましたから、気持ちを改めないと、と思いまして」

「先輩？」

「はい、内膳寮に新しい見習いの人が入ったんです」

後輩といっても、もちろん年上なんですけど、と付け加えるのも忘れない。

新しく内膳寮が雇い入れた下働き兼見習いの少年は、ロジェという。

元々は騎士の従士として雇われるはずが、主が亡くなったので縁を頼って内膳寮にやって来た。

歳は十四と随分上だが、アンの中では後輩という位置づけになっている。

ロジェの方ではどう思っているのか知らないが、年下でも先輩は先輩だ。たまに小憎たらしいことも言ってくるけれども、真面目で頑張り屋な、よい後輩である。

「そういうわけで、しっかり学ばせて頂きます」

「とはいっても、ぼくじゃあまり参考にならないと思うよ……」

照れ笑いを浮かべながらも、リュカの手は止まることがない。

会計を終えたお客が座っていた席の皿をまとめ、手早く拭き取る。

ヒナタと作業が重ならないのも不思議だ。

内膳寮での仕事の時、他の人のやろうとしていることと自分のやろうとしていることが重なってしまうことが、多々ある。

大人になれば自然とできるようになるのだろうか。

けれども、大人ではないリュカが十分にやってのけているのだから、何か秘密があるはずだ。

アンは、自分のことを勉強熱心だと思う。

宮廷作法《エチケット》も一通り憶えているし、ロジェに教えることもできる。

スープ料理《オイユ》、前主菜《アントレ》、肉料理《ロ》、軽食《アントルメ》、果実のデザート《フリュイ》。

整然たる食事の給仕の手順《ルバ・レグレ》も、尋ねられればすらすらと答えられる。

しかし、それでは足りないのだ。

何が足りないのかは、分からない。

牛乳が牛乳だけではチーズにならないように、今のアンは凝固剤《レンネット》を求めている。

「そういえば、今日、ソーヘイさんはいらっしゃらないのですか？」

「ああ、ちょっと腰を休めるんだって」
リュカの声音には、雇用主であるソーヘイを気遣う色が滲んでいる。
もう、兄は居酒屋ゲンの一員なんだな。
そう思うと、少し妬けてしまう。
店の仲間との絆があるというのは、素直に羨ましい。
ああ、とアンはその瞬間に得心した。
絆だ。
兄と他の従業員との呼吸がぴったりと合っているのは、信頼関係があるからなのだ。
給仕をしながら、リュカとヒナタ、そしてショータロウの視線はしばしば交錯する。
たったそれだけで、どう動くかが決まるのだ。
なるほど、とアンは心の中の羊皮紙に書き留める。
リュカの動きではなく、視線に注目しなければならなかったのだ。
兄は常に視線を広く取り、店の全体を把握する。
お客さんが何か言ってから反応するのでは、遅い。
それならば、お客さんが次に何を欲するかを見て、想像すればいいのだ。
ジョッキが空になっていれば、次は酒を注文するだろう。
肴が足りなければ、次に何か料理を頼むはずだ。
皿が空いてしばらく話し込んでいた二人組が腰を浮かせば、会計だ。

ヒナタがお金を受け取り、リュカは客が店を出たのを見届けてから、食器を片付ける。あまり早過ぎると、立ち去るのを待っていたような印象を与えるからだろう。

次に何をするべきかの答えは、視界の中に立ち現れているのだ。

そして、一つ一つの動きがそれ一つで完結しているわけではない。

居酒屋ゲンという一軒の店の中で全ては繋がり、先を読みながら給仕をしている。

料理を運ぶ時にも皿を下げる時にも、決してお互いの歩調を邪魔しないというのも、それによって成り立っている。

二人だけではなく、連携にはショータロウも含まれている。当然、ソーヘイもその輪の中に含まれているのだろう。

これまでアンの中で「分からない」と思っていた謎が、次々と氷解していく。

楽しい。

自分の胸の中に湧き上がる感情に、アンは堪らなく嬉しくなった。

この発見を誰かに伝えたい。

祖父ピエールと、父セドリック。

そして、もう一人。

「お客様、こちらをどうぞ」

リュカの言葉で、アンは現実に引き戻された。

コトリ、とアンの前に置かれた皿には、可愛らしい菓子が載っている。

「これは？」

「せっかくいらっしゃったお客様へ、お店からです」

少しはにかんで説明するリュカの気遣いに、アンも自然と笑みこぼれた。

シュー・ア・ラ・クレーメ。

キャベツ《シュー》の形をしたパイ生地の中にたっぷりとクリーム《クレーメ》を挟んだ菓子は、〈英雄王〉の母親の代に聖王国《ルプシア》から伝わったばかりの比較的新しい菓子だ。

名前が長いからか、ヒナタやショータロウはシュークリーム、シュークリームと言っている。

どうして居酒屋でこういう菓子が出てくるのか、アンには少し不思議だ。

そこでハタと気が付いた。

さっきまでアンが食べていたのは、ロールキャベツ。

そしてこれはシュー・ア・ラ・クレーメ。

キャベツ《シュー》とキャベツ《シュー》で掛けているのか。

そして、キャベツ《シュー》にはもう一つ意味がある。

〈親愛なる〉、〈かわいい〉。

これは、リュカからアンへのメッセージだろう。

品書きを選ぶ時にちょっとした冗句を仕込むことは、王宮の宴席でもよくあることだ。

もちろん、それが理解できる相手にしかそんなことはしない。

ザクリ。

しっかりとした思い切ってパイ生地に噛りつくと、中からたっぷりとしたクリームが溢れてくる。

甘い。

だが、決して甘すぎるということはない。

敢えて甘さ控えめにしてあるのだろう。

上品な甘さは、夏の暑さに堪えたアンの身体に活力を与えてくれた。

シュー・ア・ラ・クレームを頬張りながら、アンは改めて、兄に誇らしさを感じる。

兄の勤める店を、ただの居酒屋と思うなかれ。

市井の居酒屋であっても、中で働く人の、絆と知恵と努力があれば、こんなにも素敵な接待をすることができるのだ。

裏返せば、王宮の宴席はもっと素晴らしいものにすることができるということでもある。

想像するだけで、胸が膨らむ。

アンやロジェといった若い世代が、ピエールたち先人の知恵を受け継ぎ、絆と信頼感を育みながら働けば、もっともっと素晴らしい宴席で王族や賓客をもてなすことができる。

シュー・ア・ラ・クレーメを食べ終え、指先に付いたクリームを舐める。

舐めてしまってから、ちょっと行儀が悪かったかな、と反省した。

誰かに見られている、見られていない、ではなく、自分の理想とする給仕になれるように頑張ろう。

会計を済ませ、店の外に出た。

陽が落ちて、風が少し心地よい。

今日は、学ぶことが多かった。

さっそく明日、ロジェに教えてあげよう。

そして次の宴席では、人を見ながら、しっかりと給仕をしよう。内膳寮の一員として誇ることのできる自分になるために。

きっかけは、兄が教えてくれたのだ。

あとは、アン自身がやるべきことだった。

「よし、がんばろう！」

明日への決意を新たにする少女を、昇りはじめた双月が優しく照らし出している。

奇譚拾遺使と不思議な童女

王は、常に孤独だ。

何もかも自由になるようでいて、実は何も自由にならない。

その肉体には王としての振る舞いが求められ、魂はいつも責任と寂寥《せきりょう》に苛まれる。

周りにいるのは、臣下か、敵か、精々が同盟者。

内心を吐露する相手など在ろうはずもない。

せめてその無聊《ぶりょう》を慰める珍しい話で耳を楽しませて差し上げることはできないか。

臣下の一人がそうやって王への忠節のために作り上げた組織を、〈奇譚拾遺使《きたんしゅういし》〉という。

〈奇譚拾遺使〉の副長官を務めるシャルル＝アレクサンドル・ラ・クトンソンは、髭を撫でた。考え事をする時の、癖である。

王宮の一隅を占める奇譚拾遺使副長官の執務室には、整理された羊皮紙の束が積まれていた。

書かれているのは、奇譚ばかりではない。むしろ、奇譚の方が少なかった。

長い年月を経て、東王国《オイリア》の〈奇譚拾遺使〉は、密偵を束ねる組織へと変じている。

奇譚を集める、という名目が、各地を見聞する大義名分として優れていたからだ。

いずれにしても、王の心を安んじ奉ることに変わりはない。

東王国のみならず、近隣諸国にも放たれた密偵たちからの報告が、この部屋に集まっている。

瞑目して髭を撫でるシャルル＝アレクサンドルの思考は微睡みにも似て、上下左右、東西南北、過去現在未来を飛び回った。

寄せられた膨大な情報を、こうやって処理しているのだ。

チン。

その時、シャルル＝アレクサンドルの左手から、銀の匙が地に落ちた。

涼やかな音色に、〈奇譚拾遺使の頭脳〉が眠たげな眼を開く。

右手で髭を撫でながら、もう一方の手には銀の匙を握っていたのだ。

深く眠りに落ちそうになれば、匙は自然と手を離れて床を打つ。眠りと覚醒との狭間を行き来する老爺の魂が、眠りの側へと落ち込まないための、目覚ましの役割を匙が担っているのだ。

「居酒屋、な」

念頭にあるのはゲンという居酒屋だった。

どうにも、気にかかる。

以前、〈幼王〉ユーグがお忍びで訪れる店を推挙させた時、全く縁も所縁《ゆかり》もない人々が、揃ってこの店の名を挙げたのだ。

偶然だろうか。何の問題もないかもしれないし、そうではないかもしれない。

しかし、二つまでなら偶然であっても、三つ重なることは、稀だ。

懸念しているのは、帝国の影響だった。

王女摂政宮《おうじょせっしょうのみや》が帝国に電撃的な輿入れをしたことを、シャルル＝アレクサンドルは気にしている。

兆候はまるでなかった。それが恋だと言われれば仕舞いだが、あれだけ理知的なセレスティーヌが盲目的な恋に溺れるのだろうか。

シャルル＝アレクサンドルでさえ掴み切れない帝国の巧妙な陰謀の手が、王都《パリシィア》を侵している可能性は常にある。

「……探りを入れてみるか」

◇

ジャンヌ＝フランソワーズ・レミ・ド・ラ・ヴィニーは奇譚拾遺使である。

日々、公務に邁進する王族たちのために、楽しい話や珍しい話を集めるのが仕事だ。

親戚が奇譚拾遺使をしている縁で、この仕事に就くことができた。

自分でも、天職だと思う。

幼い頃から、面白い話を聞くのが好きだった。教会で字を習ってからは、消えるのも構わずに、地面に物語を書き綴るという奇妙な子供だったのが、ジャンヌだ。

だから、奇譚拾遺使に入れると手紙が届いた時には、嬉しくて窓から飛び出しそうになった。

それからは毎日が楽しくて仕方ない。

王都周辺の村々を回って、昔話や怪談、奇譚を聞き集める。

旧き神々の話。いたずら好きな妖精《フェ》の話。幽霊の話に、言葉を話す狐の話。

冬に炉端で語り継がれるような話を拾い集めて、文字に編む。

書けば書くだけお給金が出るので、本来なら高くて手の届かない眼鏡まで買うことができた。本当にこんなに幸せでいいのだろうか、と思う日々だ。

一つ不満があるとすれば、奇譚拾遺使の同僚が集めてきた報告書を読むことが許されていないということだろうか。

どういうわけか、他の奇譚拾遺使が集めてきたお話は閲覧することができず、副長官のラ・クトンソンの部屋に仕舞いこまれてしまう。

そのことについて一度、同僚に不平を言ったことがある。

すると同期で奇譚拾遺使に入った同僚はギョッとした表情を浮かべて、

「他の人の集めた話については、興味を持たない方がいいよ」と教えてくれた。

ジャンヌにはいまだに理由が分からないが、同じことを尋ねるような愚は犯していない。昔話にも「聞いてはダメ」「知ろうとしてはダメ」という禁則を無視して不幸な目に遭う話があるではないか。きっと、世の中はそのようにできているのだ。

そんなジャンヌの今日の仕事は、いつもと違う。

「とある居酒屋へ行って、食事をし、その内容を報告すること」

課長からの指示に、ジャンヌは首を傾げざるを得なかった。

副長官の意図が課長にも分からなかったらしい。他の同僚に任せようと思ったのだが、折悪しく皆出払っている。そこで、ジャンヌにお鉢が回ってきたというわけだ。

王都の居酒屋に、いったいどんな面白い奇譚があるというのだろうか。

「〈足元にこそ探し物は転がっている〉ということかね」と課長が言い古された諺を引いて苦笑する。

もちろん、酒を飲んでの話には楽しいものもある。酒場にばかり話を集めに行かされる拾遺使がいることも知っていた。けれども、ジャンヌが居酒屋ゲンという店にいく理由は、謎だ。

「ま、きっと何か面白い話が見つかるでしょう」

学生街にほど近い一角に、その店はある。

居酒屋ゲン。

見上げる店構えは異国情緒あふれ、ジャンヌがはじめて目にする佇まいだ。

「ここが居酒屋ゲン……」

確かに周りの店とは雰囲気が違う。だが、風変わりとはいえ、ただの居酒屋だ。

副長官はこの店にいったいどんな奇譚があると考えているのか。

「いらっしゃいませ！」

意を決して硝子の引き戸を開けると、元気のいい挨拶に迎えられた。

気持ちのよい応対だ。

ヒナタ、という名前の女性給仕の案内でカウンター席に通されると、ジャンヌは差し出された冷たいオシボリで手を拭いながら店内を見渡した。

外はもう夕暮れ近いというのに、不思議と店内は明るく感じる。

繁盛しているようで、他の客たちは酒や肴を愉しみながら、会話に興じていていた。

普通に、いい店じゃないか。女一人で入っても嫌な顔をされることがないし、客層も悪くない。店員の愛想もよかった。

料理が美味しければ、普段から立ち寄ってもよいかもしれない。

「ご注文はどうなさいますか？」とヒナタに尋ねられる。

ジャンヌは少し迷った。帰ってから報告書を書くつもりだから、できればお酒は飲みたくない。しかし、ここは居酒屋だ。酒を注文しないと気分を悪くされるに違いない。実際、ジャンヌはこれまでにも何回かそういう目に遭ってきた。

一瞬考えこんだジャンヌの顔色を見て、ヒナタが明るく笑いかける。

「うちは無理してお酒頼まなくてもいいですよ。ごはんも美味しいので」

「あ、そうなんですか」

助け舟にジャンヌはほっと胸を撫で下ろした。こういう風に言ってもらえると、本当に助かる。

人間誰しも、居心地の悪いところで夕食を食べたいわけではない。

ヒナタの言葉に店主らしい壮年の調理人もなぜか嬉しそうなのが、ジャンヌの印象に残った。

「それじゃあ、お言葉に甘えてお酒以外の飲み物と、何か軽い料理をお願いします」

注文をして手持無沙汰になると、好奇心の塊であるジャンヌの視線は店内を彷徨《さまよ》いはじめる。

変わった店だ。

もちろん、異国情緒溢れるという意味でも変わっているが、それだけではない。

職業柄、ジャンヌは古い伝承の残る遺跡や、森の中の祭祀跡も訪ねることがある。

例えば妖精《フェ》の遊ぶ環形列石や、異教の森人が宿り木を祀った祠《ほこら》。

この店は、どことなくそういう場所に通じる雰囲気がある。

気配と言えばいいだろうか。人ならざる者によって、庇護されているという安心感。

ひょっとすると、店員から珍しい話が聞けるかもしれない。

そんなことを考えていると、ぱちっぱちっという音とともに、美味しそうな香りが漂ってくる。

茄子《オーベルジーヌ》だ。

カウンター越しに、茄子を網で焼いているのが見える。フライパンや鉄板で焼くのはよく見るが、金網で焼くのははじめて見たかもしれない。

「そなたの茄子じゃぞ」

一瞬、ジャンヌは誰に声を掛けられたのか分からなかった。

見ると、いつの間にか隣の席に童女が腰かけている。

この店の子供だろうか。さらりとした黒髪に、狐のような糸目、見たことのない異国風の装束に身を包んでいる。身を乗り出すようにして茄子の焼ける様子を眺めている姿は、微笑ましい。

「お待たせいたしました！」

今目の前で焼き上がった茄子が、平皿に盛られて出てくる。

香ばしい茄子に、ショーユをかけて、一口。

とろり……

「美味しい！」

口の中に広がる茄子の味は、これまでに食べたどんな茄子よりも美味しい。

「そうじゃろう？　網で焼くと何でも美味い。油揚げもいいぞ」

「アブラアゲ、ですか？」

尋ね返したジャンヌの声を、ヒナタは注文と思ったようだ。

「油揚げをご存じなんですか？　美味しいですよね！」

「あ、え、はい。では、アブラアゲも、一つ」

追加で注文すると、すぐに網で狐色の薄い布のようなものが焼かれはじめる。

他にも、色々と美味しそうな肴が網の上で焼き上がりを今か今かと待っていた。

ちり、ちりちり……じゅっ

炙られたアブラアゲが小気味のよい音を立てる。

茄子に負けず劣らず、美味しそうだ。

思わず、ジャンヌの喉が鳴る。

隣の童女の喉も鳴る。

「お待たせいたしました！　油揚げです」とヒナタが皿を運んできた。

「半分、要りますか？」

「よいのか！」

あまりにも嬉しそうなので、ジャンヌは言い出してよかったと思った。

ナイフとフォークでアブラアゲを半分に切る。

「……あふっ」

香ばしい香りと、パリパリとした食感。

噛みしめればふんわりとして、得も言われぬ幸せが口の中に広がる。

東王国にも帝国にも聖王国にも、こんな食べ物はないのではないか。

でも、そんなことはどうでもいい。

網で焼き、ショーユというソースを少しかけただけのアブラアゲの味わいに、ジャンヌはすっかり魅了されていた。

「美味しいですねぇ」

「そうじゃろうそうじゃろう」

満悦気な童女の気持ちが、ジャンヌにはよく分かる。

自分の好きな食べ物を他の人が気に入ってくれるのは、嬉しいものだ。

「さ、網焼き料理、どんどん来ますからね。もうお腹いっぱいになったら言ってください」

そう言って、ヒナタが次々に皿を運んでくる。

卵の詰まったシシャモ。

皮付きを焼いて、裂け目にバターを溶かしたジャガバター。

海に行ったことのないジャンヌがはじめて食べる、ホタテ貝。

新鮮なアスパラをそのまま焼いただけで、どうしてこんなに美味しいのだろう。

「あー、幸せぇ」

美味しいものを食べて顔がとろけてしまいそうなジャンヌの顔を、童女が覗き込む。

「うん、よかった。少し心配しておったが、問題なさそうじゃの」

何のことだろうか。

初対面の童女に心配されるほど、自分は疲れた顔をしていただろうか。

「お客様、どうされました？」

ヒナタに顔を覗き込まれて、ジャンヌは慌てて手を振った。

「あ、もうお腹いっぱいです。とても美味しかったです！」


会計を終え、店を出る。

王都にこんないい店があるとは思わなかった。

酒をあまり好まないジャンヌにとって、こういう店は貴重だ。

そういえば、料理が美味しくて気にしていなかったが、隣の童女は親と一緒に来たのだろうか。

さすがにあの年頃の子供が一人で店に来るとは考えにくい。

振り返って硝子戸越しに店の中を見る。

「……あれ？」

童女の座っていたはずの席には、誰もいない。

店内を見回しても、それらしい人影はなかった。

眼鏡を外し、目を擦り、もう一度見る。

「……いや、まさかね」

ジャンヌの仕事はは奇譚を聞き集めることであり、実際に奇妙な事件に遭遇することではない。

「……報告書には、書かない方がいいよね」

◇

「報告書はご覧になりましたか？」

部下に尋ねられて、シャルル＝アレクサンドルは銀の匙を弄《もてあそ》ぶのを止めた。

「読んだ。よく書けていた」

『居酒屋ゲンに関する調査報告書』

ジャンヌという新人の拾遺使の寄越した報告書からは、あの居酒屋に帝国の影響があるとは読み取れなかった。

異国風の居酒屋ということだが、帝国風でも聖王国《ルプシア》風でもないとなると、連合王国《ケルティア》か、あるいは大公国からの流れ者の開いた店だろうか。

いずれにしても、帝国の息のかかった店でなければ、とりあえずは問題ない。

取り越し苦労、ということだろう。けれども、防諜の仕事というのは万の取り越し苦労の果てに一つの危機を取り除く作業だ。徒労ということはない。

「しかし……」

「何か気になることがございましたか？」

課長を任せている部下が怪訝な表情を浮かべる。

シャルル＝アレクサンドルの子飼いだけあって、些細な機微も見逃さない。

「……焼いた茄子が食べたくなったな」

閣下もですか、と部下が苦笑する。

報告書に、居酒屋の料理の味を微に入り細を穿ち書き連ねるのは、どうなのだろう。

確か他にもそんな密偵がいたなと思い当たり、シャルル＝アレクサンドルは口角を上げた。意外に、こういう何気ない報告が大切だということがあるのだ。

「密偵にもいろいろな人間が必要だな」

奇譚の収集だけでなく、密偵として使う女性も採用するべきか。

そんなことを考えながら、猫の子でも追い払うように手を振って部下に退出を促す。

左手には、銀の匙。

微睡みに落ちながらシャルル＝アレクサンドルは、いつか件《くだん》の店に足を運んでもよいかと考えていた。

# はじめての面接

異世界居酒屋「げん」

自分が掌《てのひら》に汗をかいていることに、ミリアムは気が付いた。

柄《がら》にもない。

緊張しているのだ。

ミリアムとスージーにとって、今日は運命の日となる。

小間物商稼業なんて毎日が運命の日だ、と嘯《うそぶ》くミリアムでも、掌の汗が引かない。

「……いよいよだね」

「ま、なんとかなるさ」

考えてみれば、面接なんてものを受けるのは生まれてはじめてのことだ。

二人はこれからギルドの加入面接を受ける。

ギルドというのは同業者の組合のことだ。

王都《パリシィア》で一定以上の大きさの商いをする業者は、ほとんどがギルドに入っている。パン屋、肉屋、魚屋にはじまり、金銀細工師、宝石商に金箔師、ブリキ工。石工、屋根屋に釘屋から羅紗商、仕立屋、香水屋まで、大小さまざま百数十のギルドがあった。

ミリアムとスージーが面接を受ける小間物商ギルドも、その中の一つだ。

「それで、どうして面接の会場がうちの店なんですか？」

ヒナタに尋ねられ、ミリアムがえへへ、と頭を掻く。

「すまないね、どこでもいいって話だったから居酒屋でもいいかって先方に聞いたら快諾されたからなんだけど……私たちの部屋は、ほら、ね？」

散らかっている、というわけではない。

整頓されているが、足の踏み場がない、というのがより正しい表現だろう。

どこに何が何個あるかはきちんと把握している。

ミリアムとスージーが二人で暮らしている部屋は、商品在庫でいっぱいなのだ。できる限り、余分な在庫は抱えない。それが身軽で小規模な小間物商として身軽にやっていくコツだとされている。

薄利多売。お金を遊ばせずに、物を回す。

しかし、取引先が増えてくると、そうは言っていられない。お得意様ができれば、いつでもすぐに納入できる商品が必要になる。ありません、ではせっかくのお得意様が離れてしまうからだ。

今のところ二人の商売は順調で、結果として商いが大きくなった。

商いが大きくなれば、嫌でも在庫が増える。

在庫が増えれば、部屋が狭くなった。となれば面接は外で、ということになる。

「儲かるのはありがたいけれど、それでギルドにも目を付けられたってことだね」とスージー。

ギルドがあるのは、互助のためだけではない。次々と新規業者が参入することで既存の業者が食えなくなることを防ぐための、業界団体という側面もある。

小間物商を名乗りながら、阿漕《あこぎ》な商売をする同業者が出てくるのを取り締まることがそもそものギルドの役割だ。

これまでのミリアムとスージーのような小さな取引であれば目こぼしされることもあるだろう。

だが、これ以上大きくなれば、ギルドに加入しなければならない。

もしくは、この王都《パリシィア》を去るかの二択だ。

厳しいようだが、例外はない。

ギルドに加入していない者と取引すれば、客の方にも面倒が生じるのだから、隠れて商売を続けるなんてことはできない。

加入すれば、ギルドの規約に従うことになる。定休日や営業時間、守護聖人の祭日に、雇うことのできる従業員の数。もちろん、納入金についての規定は事細かに決まっていた。

二人で話し合ったが、ギルドに加入させて貰えるなら、否やはない。

むしろ、加入させてくれるのか、という驚きの方が強かった。

「いろいろ大変なんですね……」

「ヒナタちゃんはよかったね。居酒屋にギルドがなくて」

言いながらミリアムが足で拍子《ステップ》を踏んで見せる。

「ミリアムさん、なんですか、それ？」

「ギルドの秘密の挨拶だよ。加入出来たら私たちも憶えなくちゃならない」

王都の小間物商ギルドに加入しても、他の街に名簿が出回るわけではない。

では、身分の証明はどうするのか。

ぴったりと割れ目の合う勘合《かんごう》を使う方法も昔はあったのだが、ギルドの加盟者全員分を作るのは面倒だし、膨大な量になる。盗賊に奪われるという危険もあった。

合言葉のようなものがいいだろうということになったが、これも短ければ意味がない。脅して聞き出されることもある。

そこで、考えられたのが、踊りだ。

とても長い挨拶と、それに合わせた踊り。

遠方に出張した時、その街のギルドが王都のギルドと提携関係にあれば、身分の証を立てるために、挨拶をしてみせることになる。

「踊りで……」

「一応、手紙やら何やらでなんとかしてくれるらしいんだけど、ちゃんと憶えないとギルドの一員とは認めてもらえないみたいだねぇ」とスージーがしみじみと言った。

話に興じながらも、ミリアムは掌の汗が引かないことを気にしている。

本当にギルドに加入させてもらえるのだろうか。

今日の会合も、結局のところは体《てい》のいいお断りの挨拶なのではないか。

あまり浮かれ過ぎてはならない。

上ばかり向いて歩いていたら、落とし穴に嵌《はま》ってしまうのではないか。

胃の腑の奥の小さな穴から、黒くて冷たくて熱いじくじくとした泥が溢れ出てくるのを感じる。

これまでの人生で運に恵まれた期間の方が圧倒的に短かったミリアムにとって、王都での日々は〝幸せ過ぎる〟のだ。

ミリアムとスージーは、女だ。

小間物商ギルドがどんなところかは知らないが、本当に女の小間物商を受け入れてくれるのか。

「いらっしゃいませ！」

ヒナタが威勢のいい声で新しい客を出迎えた。

ついにギルドの人間が来たのかと、ミリアムの心悸が激しくなる。

入ってきたのは、女性の一人客だ。

どうやら違う客のようだ、とミリアムが胸を撫で下ろしたその時、

「こちらに、ミリアムさんとスージーさんはお見えですか？」と女性客が尋ねた。

「は、ははははは、はい！」

ミリアムは自分の声が上ずるのを抑えることができない。

「ここです！」

スージーの方が落ち着いて、手を振る。

「ああ、よかった。遅くなってすみません」

向かいの席に腰を下ろすギルドの担当者を見て、ミリアムは目を瞬《しばた》いた。

ギルドの担当者が女性だなんて、聞いていない。

「王都小間物商ギルドから参りました、ソレーヌと申します。本当はギルド長も顔を出したがっていたのですが、どうしても外せない商談があるとかで」

「なるほど、そうでしたか。私がミリアムです」

「スージーです。ご丁寧に、どうも」

お互いに挨拶を済ませると、ソレーヌが布袋から巻いた羊皮紙を取り出す。

「それにしても、奇遇ですね」

何が奇遇なのだろうか。

お互いに女性、ということであれば、まさに奇遇というしかない。

だが、ソレーヌのいう奇遇は、全く関係のないことだった。

「私もこのお店に来たことがあるんですよ。いいお店ですよね」

「そうなんですよ。お酒も肴も美味しいし」

「女だからって、嫌な顔をされることもないし」

そうそう、とソレーヌと頷き合うミリアム。

よかった。この人は、いい人だ。

「それでは小間物商ギルドについて説明しますね」

「ちょ、ちょっとちょっと。加入の試験とか、そういうのはないのかい？」

「加入したい、と仰って頂けただけで、もう満たしていますよ」

「でも……私たちは、女だよ？」

敬語の皮が剝がれ、ミリアムの素が覗いてしまう。それを聞いて、ソレーヌはぷっと噴き出した。

「ふふふ……はははは」

「な、何がそんなにおかしいのさ」

曲げた人差し指で眦の涙を拭いながら、ソレーヌが答える。

「いいえ、女でも男でも、商道徳を守って、ギルドにお金を納めて頂ければ、ギルドの仲間ですよ」

「そういうものなの？」

昔は男だ女だ言う人もいたみたいですけどね、とソレーヌが苦笑する。

「〈魚が釣れるなら、釣り竿が何の木でも構わない〉というのがうちのギルドの標語《モットー》ですから」

男でも女でも、出身が東王国でも帝国でも聖王国でも構わない。

大事なことは仕事ができるかどうか、だ。

私だって女ですからね、とソレーヌが付け足した。

「お二人の取引については、大きなものは小間物商ギルドの耳に入っています」

「えっ、そうなんですか」とスージーが驚く。

二人とも頑張って大商いをしようと奮戦してきたが、それほど大きな取引というと、数えるほどしかしたことがない。

「全ての取引が細大漏らさずギルドに伝わるわけじゃないですけど、例えば教会に蜜蝋を納入するような取引は、概ね把握していますね」

言われてみればいくつか思い当たる節があった。蜜蝋のようなものは定期的に必要になるから、ギルドに加盟しているどこかの小間物商が教会の大まかな在庫を把握していたのだろう。

本来なら注文のあるはずの時期にそれがなければ、誰から買ったのかを調べる、という仕組みではないかと予想する。

考えてみれば、小間物商は必要なところに必要なものを持って行って売る仕事だ。いつどこで誰が何を必要とするかを把握することが、商売の成功に繋がる。

これまでのように商機があるから売り込むのとは、全く違う景色がそこには広がっていた。

「王都って、広いようでいて、実は狭いんですよ」

つまり、王都での人の営みの全てが商売に繋がってくる、ということだ。

ソレーヌに事も無げにそう言われてしまうと、ミリアムは自分たち二人が小さな箱庭で駆け回る子供にでもなったような気がした。

「心配しなくても、ギルドに入ればもっと大きな取引もできるようになりますよ」

「そういうもんなんですか?」スージーが尋ねると、ソレーヌは微笑みながら頷く。

「小間物にせよ何にせよ、取引には信用が必要ですから。ギルドに入っていない商人とあまり大きな取引をしようという人はいません」

なるほどとミリアムもスージーも深く頷いた。なぜか横でヒナタもうんうんと頷いている。

信用は大切だ。そのことはこれまでの生涯で、痛いほどに分かっている。

そこからは羊皮紙を見ながら小間物商ギルドについての詳しい説明になった。

けれどもミリアムやスージーにとってあまり重要なことはない。

例えば、王都における全てのギルドの活動を許認可している王都奉行についての説明は加入時の説明として欠くべからざるものだとソレーヌはいう。しかし、実際にミリアムたちが王都の奉行にお目通りする機会はない。

他にも儀礼的に説明しなければならないことや憶える必要のないこと、二人が聞いてもちんぷんかんぷんな話が続く。

いずれにしても、ミリアムやスージーが女だということや、出身地が明らかでないことは問題ではないということだけは確かだ。

拍子抜けした、というと違うかもしれないが、ミリアムは内心ほっとしていた。もしもギルドへの加入が拒まれれば、スージーと一緒に別の仕事を考えなければばならない。最悪の場合、王都を出ることも考えねばならなかったのだ。

スージーと二人ならどこででもやっていけるという思いはあるが、折角ここまで積み上げたものを失うのは残念だし、不安だった。

それが受け容れてもらえるというのだから、それだけで単純に嬉しい。

安心するとなんだか急にお腹が減ってきた。よく考えてみれば、朝にパンとチーズで軽い朝食を摂ったきり、何も口にしていない。

「さ、お疲れさまでした。あとは後日改めてギルドの事務所で契約書に署名をして頂く、ということで。ここは、お二人の小間物商ギルドへの加入の前祝いとして、パァッと飲みましょう。ここの払いはギルド持ちですよ」

「い、いいんですか?」

「いいに決まっているじゃありませんか。何のために面会場所が居酒屋でもいいって言ったと思っているんですか」

そういう問題なのだろうか。

「大丈夫。何と言っても、私はギルドの会計担当なので」

「それって、職権濫用なんじゃ……」

スージーが蒼《あお》い顔をする。加入した直後に公金横領で連座して王都追放なんてことになったら、洒落《しゃれ》にもならない。

「大丈夫です。ちゃんと今日の分の予算は貰ってきていますから」

そう言ってソレーヌが合財袋から取り出した革袋は、確かにずっしりと重そうだ。

「それでは、お二人のギルド加入の前祝いとして」

「乾杯《サンテ》！」

「乾杯《サンテ》！」

「乾杯《サンテ》！」

赤葡萄酒《ヴァン・ルージュ》で乾杯すると、ヒナタとリュカが次々と料理を運んでくる。スープにサラダ、鴨のテリーヌに牛肉の赤葡萄酒煮込み、ムニエルになっているのは、舌平日だろうか。

「どうしたんだい、これ？」

驚くミリアムに、ショータロウが頷く。

「そちらのソレーヌさんから、予約を頂いていたんですよ。きっと二人はギルドに加入してくれるから、お祝いの料理を用意しておいてくれって」

なるほど、さすが小間物商ギルドの会計担当ともなると、段取りがいい。

商売は段取りと演出、というわけだ。

「それじゃあ、遠慮無く」とスージーが木匙でスープを飲み、ソレーヌはサラダに取りかかる。

ミリアムは作法を無視して、牛肉の赤葡萄酒煮込みからだ。

ギルドに入るからといって、型にはまるつもりはない。

大胆に切った肉の塊を頬張ると、口の中に肉汁が溢れ出す。

そこへすかさず赤葡萄酒。

重厚で、濃厚で、幸せな味だ。

貧しかった頃には、決して口にすることのできなかった、味。

ここでは、性別も過去も気にされることはない。

「しっかり食べて、しっかり稼いで、しっかり上納金を納めて下さいね」

そう言って微笑むソレーヌに、スージーが、

「まさかこの料理、上納金に上積みなんてされないよね？」と尋ねると、

「……それはいい考えかもしれませんね」とソレーヌがまじめ腐った顔で答える。

一瞬、スージーとミリアムの顔が引きつった。

ゲンの支払いは安いとはいえ、今日の料理はなかなか豪勢だ。

上納金に上積みというと、どれくらいになるのだろうか。

「なんて、冗談ですよ。今日は純粋に歓迎の食事です。ぱーっとやりましょう！」

ほっと胸をなで落とし、赤葡萄酒を呷る。

今日はいい日だ。
明日からも、きっといい日に違いない。
いい日じゃなければ、いい日にすればいいだけのことだ。
これまでも、これからも、スージーと一緒なら、それができる気がした。

# 祝い酒の味

異世界居酒屋「げん」

今日の酒は、美味い。

ピエールはアジのナメロウに舌鼓を打ちながら、相好を崩した。

「ピエール爺さん、今日は豪《えら》く機嫌がいいじゃないか」とエリクもレーシュに口を付ける。

「うん、まぁね。優秀な孫娘を持つと、ジジイとしては鼻が高い」

孫娘であるアンが、内膳寮《ないぜんりょう》でめきめきと頭角を現しつつある。

先日は王国元帥を招いた正餐《せいさん》で給仕の一員として加わり、見事に勤めを果たした。

普通に給仕ができたというだけなら、さほど驚きもはしない。ピエールから見てもアンは才覚のある娘だし、日夜弛まずに努力をしているのだから、できて当然だ。

ところが今回は、口さがない宮廷雀《すずめ》まで褒めそやしているというのだから、立派なものだった。

よいことは砂粒のように、悪いことは山塊の如くに言いふらすあの連中がアンの給仕ぶりを褒めるとなれば、飲む酒が美味くならないはずもない。

アンはまだ九歳になったばかり。父を飛び越して官位保持者になるということはないだろうが、期待は否《いや》が応《おう》にも高まる。

しかも、アンは少女なのだ。

〈武断王〉の時代から連綿と続く内膳寮の長い歴史の中でも、女性の官位保持者は珍しい。

目端の利く連中は、アンの成長に気をかけてくれている。奉膳部《ほうぜんぶ》と給仕部《きゅうじぶ》の両方が将来的にアンを狙っているという噂も出ていた。

これを喜ばずして、何を喜べというのか。

「この前は息子のことで酒が美味いと言っていたのに、今度はお孫さんか。お前さんは果報者だねぇ」

「長い人生、晩節にいい麦を収穫したかったら、汗水たらして畑を耕しておくもんだ」

子や孫の努力は子や孫のもんだがな、と忘れずに付け加える。

それにしても、酒が美味い。

ナメロウをハシでちょっと摘まんで、酒をクイッ。

新鮮な魚の甘さが、タテノカワという辛口の酒によく合う。

いい心地だ。ミソというペーストと香味野菜と一緒に叩いただけの魚がこんなに酒のアテとして優れているというのは、前内膳司《さきのないぜんつかさ》としては少し悔しくもある。

こういう肴は、宮廷では出せない。

王族や貴族に供するにはあまりに野趣に溢れすぎているし、そもそもこれだけの材料が手に入らない。新鮮な海の魚だからこそ美味くなる料理だ。

ゲンのような不思議な店だから、出せる料理。

この世の中に、宮廷で出せない料理が存在するというのは、悔しかった。けれども、その悔しささえも今のピエールにとっては味わいに深みを出す一要素となっている。

他人のために、生涯をかけて美味いものを探し、考え、作り、提供してきた。

職を後進に託して自由になった今こそ、自分自身の舌で、酒と肴を愉しみたい。

悠々自適な老後というのは、まさにこのことだろう。

「で、そういうエリクもご機嫌じゃないか」

「分かるかい？」

「分からいでか」

ピエールとエリクはもう随分と一緒に飲み歩いているのだ。

それくらいのことが分からないはずがない。

互いの素性は知らないことになっていても、通じ合うものは、ある。

「婿がなかなかいい仕事をしてね。ま、ちょっとした品評会で賞を獲ったんだよ」

人口三十万を数える王都《バリシィア》では、しじゅう何かの品評会をやっていた。王侯貴族が審査員に名を連ねるような大仰なものから、小さなギルドのお手盛りまで、数え上げればきりがない。

エリクが喜ぶということは、それなりに大きな品評会だったのだろう。

被服関係の品評会、と頭の中で暦を思い出す。

そういえば先王の妹君にあらせられる〈繭糸の君〉が主催している被服関係の大きな会があったはずだ。もしその品評会だとすれば、大した腕前だということになる。

ピエールは内膳寮の服飾品や被服について口を出す部署を統括したことこそないが、一通りのことは把握している。あの品評会で賞を獲ったとなれば、向こう三年は仕事に困ることはない。

「それにね、娘もまぁなんだかんだ言って、上手くやっているんだ。こう言っては何だけど、そんじょそこいらの職人の妻という枠には収まらないくらい頑張っている」

そうだろうな、とピエールは想像をたくましくする。

腕のいい職人を婿に、ギルドの細かいところまで目を光らせて切り盛りする娘。

考えうる限り、職人の娘夫婦としては最高だ。

エリクがまだ目を光らせているうちに代替わりしているのも、実にいい。

どれほど優れた経営者であっても、年老いてからでは権力が膠のように貼り付いて離れがたい。

エリクの歳なら、熟れた実が落ちるかの如くに、全てを譲り果たせるはずだ。

いい人生だな、とピエールは友人の今を心から祝福できる。

「そいつはおめでとう」

「ありがとう」

猪口を掲げ、小さく「乾杯《サンテ》」と言い合う。

祝い酒はいいものだ。それが自分のことであっても、友人のことであっても。

「これ、よろしければ」

ソーヘイが、ずいと皿を出してきた。

「ん、ポテトサラダ《サラドゥ・ドゥ・ポム・ドゥ・テール》か」

「売り物じゃない試作品なんで」

それじゃ、ありがたく、と受け取りながら、ピエールは内心で首を傾げる。

果たしてポテトサラダのもったりとした味が、今飲んでいる酒に合うだろうか。料理人としてのソーヘイのことをピエールは高く買っているから、判断を信じてみることにした。

「ほう！」

ピエールはハシで、エリクは木匙でそれぞれサラダを口に運ぶ。

「これは面白いね」

潰した馬鈴薯に、何か練り込んである。

「この香りは……酒か」

言い当てたピエールにソーヘイが小さく頷いた。表情は変わらないが、口元だけは綻んでいる。

追いかけるように、酒を呷った。

なるほど、これは酒に合うポテトサラダだ。

「酒粕といって、日本酒を作る過程でできる副産物です」

面白い。

葡萄酒を搾った滓で作るグラッパという蒸留酒もあるが、あれもいいものだ。

普通は捨てるようなものであっても、使い方次第では化けるということか。

「このポリポリしてるのも美味しいな」

エリクがサケカスポテトサラダの中に入っている何かについて指摘した。

当然、ピエールも気が付いていたが、それが何かまでは分からない。

「漬物《ピクルス》だと思うが、燻した香りがするな」

「いぶりがっこを刻んだものです」

ソーヘイが手塩皿に載せて差し出したイブリガッコを囓ってみる。

なるほど、この薫香と塩気は、それだけで酒の肴になる味だ。

干した大根《ラディ》を漬けて漬物《ピクルス》にしたものを、更に燻製にしたものだという。普通に聞けば莫迦莫迦しい手間だと思うが、確かに美味い。保存にも適しているだろう。

「酒粕は身体にいいというので、使い方を考えていて」

どこか照れくさそうに、そして言い訳がましく、ソーヘイが苦笑する。

それだけではないな、とピエールはソーヘイの隣で包丁を奮うショータロウを見た。

対抗心か。

丁寧だが昔気質で保守的なソーヘイと、華々しく革新的なショータロウ。

居酒屋ゲンの多彩な料理と肴は二人の料理人の資質と方向性の違いによるものだ。

しかし、〈隣の屋根は立派〉と言うように、料理人が同じ料理人に嫉妬しないはずがない。

出自の異なる、それでいて互いに優れた力量のある料理人が二人揃って働いているとなれば、なおさらだった。

ピエールは嬉しくなって、猪口の中の酒を干す。

ソーヘイという料理人を、ピエールは買っていた。

久しぶりに出会った不思議な店の料理人だから、というだけではない。一人の人間として、料理人として、ソーヘイは面白い。

寡黙で、実直。作業の速さは腰を痛めていても些かも衰えることなく、経験に裏打ちされた段取りのよさで、居酒屋ゲンを見事に切り盛りしている。

ショータロウも料理人として卓抜したものを持っているが、ソーヘイとショータロウのたったの二人でこれだけの品数の店を営業できているのは、ソーヘイによるところが大きい。

ソーヘイの料理は伝統に裏打ちされたものだ。味に迷いがないことからもそれが分かる。

だからこそ、ソーヘイがこのサケカスポテトサラダを作ったというのが、ピエールには嬉しくて堪らないのだ。

きっと、ショータロウが独創性溢れるポテトサラダを作ってみせたのだろう。ショータロウは、ソーヘイを尊敬している。

一挙手一投足にまで表れるそれを、ソーヘイが気付いていないはずがない。それでもなお、挑戦せずにはいられなかったのだ。

ピエールは喉の奥でくっくっくっと笑う。

なんだ、なんだ。ソーヘイという料理人も、自分やエリクと同じような半隠居組かと思ったが、なかなか熱いものを隠し持っているじゃないか。

「ソーヘイ、タテノカワをおかわり」

はい、と静かに答えるソーヘイと視線を合わせながら、ポテトサラダを頬張る。

やはり、美味い。

満足げに頷いて見せると、ソーヘイの眉が微かに動いた。

喜悦の表情を軽々と表に出さない。この美学もピエールがソーヘイを気に入っているところだ。

「あ、いぶりがっこですか」

その時、ひょいとショータロウが顔を覗かせた。ソーヘイが複雑な顔をする。どういう反応をすべきか、咄嗟に判断できないという表情だ。

「少し味見してもいいですか？」

ああ、とソーヘイが応じると、調理場のポテトサラダを手の甲に盛り、口に含む。

「さすが草平さんですね……酒粕といぶりがっこ、合います」

ふむふむ、と瞑目して咀嚼する姿は、葡萄酒のテイスティングをしているように見える。

褒められて満更でもないのか、ソーヘイは下を向いて作業をしながらも嬉しそうだ。

「……ここに、クリームチーズを入れるというのはどうでしょう？」

ショータロウが提案を口にした瞬間、ソーヘイの手が一瞬だけ止まったのを、ピエールは見逃さなかった。

「それは面白そうだ」

ソーヘイが、顔を上げずに答える。

「あ、でもそれだと味がまとまりに欠けるか……黒胡椒で味を締めるのはどうです？」

ピエールは、無言でエリクの方を見た。

エリクも何かを察したのか、黙ったまま猪口の酒に口を付ける。

こういう時、客は何と声をかけるべきなのだろうか。

あるいは、かけないのが正解なのだろうか。

内膳寮の上司として部下の料理人にかけるべき言葉であれば、大皿に溢れるほど思いつく。

だというのに、今この場で、ソーヘイにかけるたったの一言が、思いつかない。

もう一口、サケカスポテトサラダを食べる。

確かにショータロウの言う通り、クリームチーズを加えるという手は面白そうだ。

黒胡椒で味を引き締めるというのも、間違いがない。

しかし、そのポテトサラダは、恐らくタテノカワには少し重過ぎるだろう。

クラッカー《ビスキュイ》に塗って、葡萄酒や麦酒の肴にした方が、宴席では喜ばれるはずだ。

つまり、優劣はない。

どの酒に合わせるか、という違いでしかないのだ。

ソーヘイは、レーシュと合わせたいと考えた。

ショータロウは、若者が色々な酒と楽しめるように考えた。

その真心に、何の違いもありはしないのだ。

今、口を挟もう。それでもうこの店に来ることができなくなったとしても、ソーヘイという類い稀な料理人の心がひび割れるよりは、よほどいい。

そう思って口を開きかけた瞬間、横から思わぬ声が割り込んできた。

「お父さんのアイデアに正太郎さんのアレンジ、めちゃくちゃ美味しそうじゃない！」

ヒナタだ。

調理場のポテトサラダをひょいと食べ、うんうんと頷いている。

「確かにクリームチーズを入れても美味しそうだけど、これでも十分美味しいよ」

にっこりとヒナタが笑うと、それだけで店の中が明るくなった。

まるで夏の陽射しのような微笑だ。

「そうか？」

「うん。それにしても珍しいね、お父さんが新作料理なんて」

「凄いアイデアですよ。日本酒にこんなに合うポテトサラダなんて」

ショータロウの言葉が世辞でも何でもないことは、ソーヘイにも伝わったようだ。

ああ、うん、とソーヘイが鼻を擦る。

ピエールは椅子の背もたれに体重を預け、猪口に口を付けた。

これにて、一件落着。

エリクもほっと胸を撫でおろしている。

一瞬、ソーヘイと視線が合った。申し訳ない、という色と、ありがとうという感謝の色。

いい目だな、とピエールは、頷くか頷かないかという小さな動きで頷きを返す。

「ねぇねぇ、酒粕って、他にも何か作れそうじゃない？　酒粕パンとか！」

「酒粕入りのパンか。面白いね」

ヒナタとショータロウの二人は、さっそく次の料理の構想に取り掛かったようだ。

「いい夜だな」

エリクが呟く。

「まったく、いい夜だよ」

ピエールが返事をすると、ソーヘイも大きく頷き、それから頭の布巾を取った。

「今日は、一杯頂こうかな」

「え、お父さんが？　珍しい！」

何かいいことあったの？　と尋ねるヒナタを鬱陶しそうに、それでいて愛おしそうに押しのけながら、ソーヘイが酒を猪口に注ぐ。

「乾杯《サンテ》」

「乾杯《サンテ》」

「乾杯《かんぱい》」

妙に沁みる、それでいて、限りなく美味い。

そんな味わいの一杯だった。

異世界居酒屋「げん」

# 最後の試験

夏の夜は短い。

天が陽の名残りを惜しんでいるかのように、光は低い角度から人を照らし続ける。

王都《パリシィア》でもそれは同じことで、居酒屋の書き入れ時前になっても陽はまだ地の涯《はて》に隠れていない。

「試験、ですか？」

草平の唐突な話に、正太郎は思わず聞き返した。

営業をはじめたばかりの店にまだ客の姿はまばらだが、厨房に立つべき草平はカウンターに腰を下ろしている。

妙な感覚だった。

榊原《さかきばら》正太郎にとって、葦村草平はいつも厨房に立っている人だ。

その草平が、まるで客のように、あちら側に座っている。

「そんなに堅苦しいものじゃないさ」

草平が客の役をやり、それを正太郎たちが迎える。

一種の研修のようなものだ、と草平は言葉少なに口にした。

正太郎とひなた、そしてリュカは顔を見合わせる。

「腰のこともある。いない間、どんな風に接客しているのか見たくなった」

だから、気を張らずにいつも通りに接客してくれればいい。

肩肘張らない普段通りの接客を、草平のいない〈居酒屋げんの接客〉を、見たいということだ。

「でも父さん……」

「分かりました」

何か言おうとしたひなたを、正太郎は制した。

草平の表情は、いつも通り読みにくい。

しかし、真一文字に閉じられた口は、言葉で万言を紡ぐよりも雄弁に正太郎に語りかけている。

恐れることはない。

普段通りの接客をすればいいのだ。

ひなたとリュカがいれば、お客さんを満足させることができる。

三人の視線が、交錯し、頷き合った。みんな、真剣な表情だ。

必ずやり遂げる、という意思が、三人に充溢《じゅういつ》しているのが感じられる。

「ご注文は何になさいますか？」

草平におしぼりを差し出しながら、ひなたが尋ねる。

「そうだな。とりあえず、生を。それとおすすめを見繕ってもらおうか」

◇

ジョッキの生ビールと、ぬか漬け。

草平の前に出てきたのは、定番といえば定番のメニューだ。

「セロリと、小松菜か」

糠床《ぬかどこ》に匂いが移らないようにと、正太郎が小分けにしていろいろ漬けているのは知っていた。

まずはセロリ。

シャキッ。

いい漬かり具合だ。セロリの臭みは消えて、旨味だけが残っている。

そこへ、ビールでぐいっと追いかける。

「……ふぅ」

しみじみと、美味い。夏の暑気で水分の抜けた身体に、染み渡るようだ。

むかし誰かが、酒を飲む時には、酒の神様と、酒を美味しいと思える自分の身体に感謝しろと言っていた。

読んだ時にはピンと来なかったが、この歳になると、よく分かる。

続いて、小松菜。

こちらもシャキシャキしているが、葉の部分もあるのでセロリとはまた違った食感が楽しめる。

こちらの方が漬け方は浅いが、正解だ。セロリよりも味が沁みやすいのだろう。漬かり具合が違うので、それぞれ別の糠床に漬けて、一番いい具合で客に出す。いい仕事だ。

こちらの動きを見計らったように、リュカが次の皿を運んでくる。

「へぇ」

葉生姜の茎を豚肉で巻いて、焼いたものだ。

見た目も洒落ているし、豚肉と生姜の香りが食欲をそそる。

ここは行儀悪く、がぶりといくのが筋だ。

がぶり。

口の中に、豚肉の脂の旨味と、葉生姜のピリッとした味が広がった。

これはいい。豚肉は臭みがないから、塩漬けにした豚だろうか。ベーコンを使ってもいいが、塩漬け豚にした理由はこの脂の味を活かすために違いない。

もちろん、これもビールに合う。

ゴッゴッと喉が鳴った。

こんなに気持ちよくビールを飲むのは、いつ以来だろう。

酒と肴で客を楽しませる仕事なのに、少し禁欲的になると、途端に酒を口にしなくなる。それはそれで真面目な営業態度なのだろうが、この喜びを忘れてしまっては、何を売っているのか、分からなくなってしまう。

二本目の塩豚巻き葉生姜を囓りながら、店内を見回してみる。

ひなたはくるくると踊るように、リュカは丁寧に落ち着いて、上手く店を切り回していた。

いい組み合わせだ。息も合っている。

二人の動きを見ながらジョッキを呷っていると、いつの間にか空になってしまった。もう一杯ビールでいくか。いや、そこまで若者らしい飲み方をする必要もない。

「次は冷酒を」

はい、と正太郎が応じる。

いい青年だ。

店にはじめて顔を見せた時から、いい面構えだと思っていた。

ここのところ、ますます男ぶりが上がっている。娘の婚約者を見る欲目かもしれないと思うが、実際になかなかいい顔をしているのだから、仕方ない。

ひなたの運んできた酒を注ぎ、一口飲む。

辛口の酒が、じんと沁みた。

弱くなっているという自覚はある。若い頃なら、酒を舐めて酔いを感じることなどなかったのだ。

しかし、いい歳の重ね方だとも思う。

健啖で酒豪の老後というのもかっこいいが、そうでないのも、乙だ。

ゆったりとした時間が流れる。

正太郎の包丁の音と、湯の沸く音。店内の喧噪は、不思議と遠くに聞こえる。

考えてみれば、客として居酒屋で酒を飲むのなど、いつぶりだろうか。

「お待たせしました」

正太郎自ら出してきた皿を見て、思わず口元が緩んだ。

ポテトサラダ。

一口食べると、やはり酒粕が入っている。

クリームチーズが入っていないことに気が付いて正太郎の方を見ると、照れ笑いを浮かべた。

いぶりがっこだけでなく、刻んだ奈良漬けも入っている。

これは日本酒に合うポテトサラダだな、と笑みが零れた。

自分と、正太郎の合作だ。

「ね、正太郎さん、なかなかやるでしょ」

もう一合冷酒を頼もうかと思ったところで、ひなたが声を掛けてきた。

「それは知っている」

料理の腕については、多分ひなたよりもよく知っている。毎日隣で包丁を振るっているのだ。

居酒屋げんがまだ仕出し弁当をやっていた頃、草平の隣にはいろいろな料理人が立っていた。腕の立つ奴もいれば、てんで駄目な奴も大勢いた。それぞれが身の立つように世話をしてやったが、料理人を続けている奴も、辞めた奴もいる。

正太郎よりも料理の腕は上手い奴も、いた。

だが、一緒に働いていて一番気持ちのよかったのは、榊原正太郎だ。

料理の腕がいいのに妙なむらっ気がなく、真面目で、創意工夫を忘れず、思いやりがある。

だからこそ、今日のような機会を設けたのだ。

「うん、決まりだ」

「決まりって、何が」

ひなたが皿を洗いながら尋ねる。

我が娘ながら、恐るべき察しの悪さだ。

母親譲りであるはずはないから、自分の中にこういう部分があるのかもしれないと思うと、少し暗澹たる気分になる。

一度呼吸を整え、正太郎の方へ向き直る。

「店だ。譲る」

沈黙。

「えぇっ⁉」

はじめに声を上げたのは、ひなただった。

正太郎は何も言わず、深々と頭を下げる。

対照的な反応だが、この二人はこれでいい。補い合うという意味では理想的だろう。

「まさかお父さん、今度こそ引退しちゃうの？」

あわあわとひなたが中空で手を彷徨わせながら冷や汗を掻いている。

ここまで過剰に反応されると、逆に「完全引退」と言ってやりたい稚気もないではないが、それもかわいそうだ。

「今引退したら、店が回らんだろう？」

「それは……はい」

エプロンの裾を掴んで、正太郎が項垂れる。

忸怩《じくじ》たる思いなのだろうが、これだけの規模の店を調理人二人で回すこと自体が、かなり厳しい。

本来ならもう一人いてもいいところだ。

草平と正太郎の二人だから、多少の無理で何とかなっている。

これからのことについても決めないといけないな、と思っていると、裏口が開いた。

「あら珍しい。今日はこっちに座ってるの？　じゃあ私も一杯頂こうかしら」

月子だ。今日も綺麗だ。いや、今日は特に綺麗だという気がする。

会うたびに綺麗になっていくのは、どういう魔法なのだろうか。

「あ、お母さん、実はね！」

おしぼりを出しながら、ひなたが何か言おうとすると、全て分かっているという風に月子があっけらかんと答える。

「お店譲るんだ。そろそろじゃないかなって思ってたけど」

えぇっとまた、ひなたが声を上げた。

今度は正太郎も、リュカも目を丸くしている。

事前に相談していたわけではない。何かを察したのだろう。月子にはこういうところがある。

「お母さん、知ってたの？」

「何年草平さんを見てきたと思ってるのよ。でも、どうせ完全引退じゃなくて、店は手伝いながらっていうんでしょ」

「すごい。そこまで」

にやりと月子が笑って、突然腕を絡めてしなだれかかってきた。

だが、これは親愛を見せるためのポーズで、本当に体重をかけてきているわけではない。

伝わる感触と表情からは、彼女なりの照れを感じる。

「これから草平さんは時々休んで私とデートに行くんだから」

こうすることで、草平が仕事を休みやすくするという打算と、嬉しさ。

そういう複雑な感情が綯い交ぜになった視線を月子が向けてくる。

草平は思わず視線を逸らして、人差し指で顎を掻いた。

「デートってお母さん、会社は」

もっともな質問だが、答えは分かっている。

「もちろん続けるに決まってるじゃない。草平さんだって、居酒屋で働くのは続けるんだし」

月子はこういう女性なのだ。

それに、毎日会っていたら、好きになり過ぎてしまうとも言っていた。

きっと、冗談だろうが。

「よかった。辞めるのかと思った。でも、仕事仕事のお母さんがデートってなんか嬉しい」

ひなたが月子に瓶ビールを運んでくる。

草平は、一杯目を注いでやった。こういう風に二人で酒を飲むのも、久しぶりだ。

「あのね、ひなた。働くために生きるんじゃなくて、生きるために働くの。そこを間違えちゃダメ」

この言葉は、ひなたよりも、正太郎に刺さったらしい。

包丁を持つ手が止まり、大きく頷いている。

生きること、働くこと、色々考える間もなくずっと調理場に立ってきた。

少し休憩をしながら、月子と一緒に考えてみてもいいだろう。

後を任せる二人は、こんなにも立派に育っているのだから。

「あ、お母さん来てる」

引き戸を開けて、奈々海が帰ってきた。

おかえりなさい、と月子とひなたの声が合わさる。

「今日はお父さんもこっち側なんだ」

「ああ、たまにはな」

夏の夜は、静かに更けていく。

家族の日々は、続いていく。

# 【閑話】親の心配、子知らず

異世界居酒屋「げん」

「……店を譲ってしまってから、急に心配になってきたな」

卓袱台の小皿からきゅうりの糠漬けを摘まみながら、草平は呟いた。

暖簾も仕舞い、正太郎とひなたも帰したから、今ここにいるのは草平と月子の二人だけだ。

「お店のこと？　それともひなたのこと？」

月子に尋ねられ、草平は頭《かぶり》を振る。

「正太郎くんのこと」

答えながら、湯飲みの焼酎にポットからお湯を足した。妻の月子はロクヨンで飲むが、草平はもう少し割った方が飲みやすい。

「正太郎くん、ねぇ。随分気に入ってるみたいじゃない」

「……若いのにあれだけ料理ができるのは大したもんだよ」

気に入っている、と言われて、誤魔化した。同じ厨房に立って阿吽《あうん》の呼吸で調理をする中で、草平は正太郎のことを実の子供のように思うようになっている。

いや、実際に息子がいたとしても、ここまでは息が合わないだろう。

その回答に、月子がにやりと笑う。

月子はそういうことを尋ねたわけではない。もちろん草平もそんなことは分かっている。加えて月子は草平が敢えてはぐらかしたのもお見通し、ということだ。

「いい男だからな。譲った店が重くならないか、心配だ」

「重く？」

「彼女の実家、だからなぁ」

ひなたと正太郎は、草平から見てもお似合いの二人だが、人生なんて何があるか分からない。

もしも正太郎が、あるいはひなたが、別の人生を歩みたくなった時、店を譲ったことが二人の負担になりはしないか。それが正太郎を縛りはしないか。草平が心配しているのは、そのことだった。

「いいんじゃないの、重くても」

はつか大根の糠漬けを囓りながら、月子はあっけらかんとしている。

漬物の赤が綺麗だな、と草平は関係のないことを思った。いや、月子が食べているから余計にそう見えるのだろう。

「重くてもいい、か」

まだ温かい湯飲みを手で撫でる。

草平としては、ひなたと正太郎がさっさと一緒になってくれればいいと思っている。いい物件には早く手付を払っておくべきだ。

店を譲るのも、その結婚祝いとか、結納とか、持参金とか、そういう気分もあった。子供の選択について月子は全面的に信頼しているところがあるから、どちらでもいいと思っているだろう。

進歩的な人だから、奈々海が〝こっち〟の人と結婚するなんてことを言いだしても、きっと応援するに違いない。そういう破天荒な女性だから、草平と駆け落ち同然で結婚したのだろう。

「……それに、客が日本人でもないし」

「店の客が異世界のどこかの王国の人なのは、気にしてもしょうがないんじゃない？」

「しょうがないかな？」

「どれだけ気にしても解決しないことに大脳のリソースと時間を割くのは、失敗する経営者のやることよ」

なるほど、それはもっともだ。経営者としての月子は、草平の何倍も何十倍も優れている。駆け落ち同然で実家を飛び出したのに、アパレル業で大成功を収め、今では実家の呉服店をほぼ傘下に置くまでになっているのだから、立派だ。

草平と月子の結婚に大反対していた月子の兄や姉、親戚連中は仲良く月子の軍門に降《くだ》り、門前に馬を繋ぐ羽目になっている。

相手としては屈辱だろうが、月子の側の見方は違った。

時代の変化に取り残された旧弊な業界にしがみついている実家への、せめてもの救済だ。雇用や資産、伝統や理念のような無形の財産を守るための措置。

考えてみれば、草平と月子の夫婦も、嫁の実家との関わり方はユニーク極まりない。正太郎がひなたと結婚して、それに店が付いてくることなど、むしろありふれた形と言える。

しかし、さんざん嫌味を言ってきた大黒《おおぐろ》家の会社を月子が買うと言った時は、痛快だった。実家への株式の買収を仕掛けた時、草平が月子に感じたのは、ただただ「かっこいい」ということだけだった。

それと、いい女性と結婚したなぁという喜び。

「なぁに、急に笑って」

「いやなに、夫婦関係なんて、なるようになるか、と思ってな」

「そ、なるようになるのよ」

だから貴方も「孫の顔が見たい」なんて、変にせっついちゃダメよ、と念入りに釘を刺される。

思わず、噎《む》せ返った。

考えたこともなかったが、ひなたと正太郎が結婚するということは、つまりはそういうことだ。

ひなたが生まれた日は昨日のことのように思い出すことができるけれども、ひなたも奈々海も、もう大人なのだ。

歳を取るはずだな、と草平は自分の首の後ろを撫でた。

娘夫婦の独立。いや、まだ夫婦ではないが、ゆくゆくはそうなるだろう。

思ったよりも店を譲るというのは大きな変化だったかもしれない。

「あー、なんだか急に酔いが回ったな」

「そう？　私はまだまだ飲めるけど」

「月子さんは強いから」

草平がお湯を足したのとは対照的に、月子は芋焼酎の方を足している。

結婚して随分になるが、草平は月子が酔い潰れたところを一度も見たことがない。

静かな時間が流れる。二人で焼酎を飲むのに、会話は要らない。

付き合うなら会話の弾む相手と。結婚するなら、沈黙が苦にならない相手と。

誰に言われた言葉だったか忘れてしまったが、草平にとって月子は、会話も弾むし、沈黙も苦にならない、得難いパートナーだ。

時計の音と、時々焼酎を啜る音だけが、居間に響く。

不思議と温かみを感じる時間だ。

「ところで、引っ越し先はどうするの？」

切り出したのは、月子だった。

「引っ越し先……？」

ああ、と気が付いて、額を掌でぴしゃりと叩く。

店を譲ると言って、下の店舗のことしか考えていなかった。

建物と、土地、それに経営者の変更や、届け出もしないといけない。贈与や名義変更については月子の会社と顧問契約をしている士業の専門家を交えて相談した方がよさそうだ。金で解決することは金で解決するのがいい。こういう時のための専門家なのだから。

喫緊《きっきん》の問題は、二階の生活スペースをどうするかだ。

ひなたも奈々海もそれぞれに部屋を借りているから、二人の荷物はそっちへ引き取らせることになるだろう。けれども、急なことだから一時的にトランクルームでも借りた方がいいかもしれない。

いや、ひなたの荷物は動かさなくてもいいのか。その辺りの二人の距離感について、草平は正太郎にもひなたにも聞けず終いになっている。

要するに問題となるのは、草平の身の置き所だけ、というだ。

「すぐに出て行けとは言われんだろうが、物件を探さんとなぁ」

しばらくは店を手伝うと正太郎には言っているから、できるだけ近くか、交通の便のいいところがいいだろう。通勤なんて何年ぶりか分からないが、腰痛のことを考えれば、少し動いた方が却っていいかもしれない。

不動産屋を何軒か回るか、それとも最近はネットで調べればいいのか。

考えていると、月子が嫣然《えんぜん》と微笑みかけてきた。

「それなら、もう目星はつけてあるから大丈夫よ」

月子の顔を見て、二度三度、大きく瞬きをする。

そうだった。葦村草平の妻である大黒月子とは、こういう女性だった。

「もちろん、私の部屋の近く。４ＬＤＫで築浅の駅近。キッチンには手を入れる予定だけど、そこは草平さんの要望を聞いてから」

何から何まで、準備は済んでいた、ということだ。

考えてみればこっちに繋がる直前に、腰痛を理由に店を仕舞うつもりだという話はしていたのだから、月子にしてみれば準備期間は十分以上にあったということだろう。

「ありがとう。御見逸《おみそ》れしました」

草平は、最愛の女性に頭を下げた。

「なぁに、今更」

クスクスと笑う月子の頬は、微かに上気している。

芋焼酎に酔っただけかもしれないし、そうではないかもしれない。

二人の夜は、更けていく。

静かに、ゆっくりと。

新メニュー

# 海老《えび》か鯛《たい》か

異世界居酒屋「げん」

「ね、本当におでんでよかった？」

ひなたが尋ねると、正太郎は笑顔で答えた。

「うん、おでんが食べたかったんだ」

いつも優しい表情の正太郎だが、今日は隠し切れない喜びが滲《にじ》み出ている。

ひなたの父、草平が店を譲ると言ってくれた。

今日はそのお祝いに、ひなたが食事を奢ると言って、正太郎を誘い出したのだ。

思えばここまでの道のりは長かった。

そう言うと店を得るのを虎視眈々と狙っていたように思えてしまうが、ひなたの見る限り正太郎にはそんなところはなかった。

自分の店を持って一国一城の主になりたい、という夢を持っていたから実家である居酒屋げんに連れてきたのだが、どうも途中からこの店で働くことが好きになっていたようだ。いや、最初に厨房に立った時からそうだったのかもしれない。

「ね、何思い出してるの？」

歩調を合わせて車道側を歩く正太郎に聞かれて、ひなたは「んーん。なんでもない」と答える。

はじめて正太郎を店に連れてきた日、お客さんの前でみっともなく草平と言い争いをしてしまったのは、思い返しても恥ずかしい。

今では考えられない失態だ。そう考えると、ひなたも成長しているのだろうか。そうであってほしい。いや、そうあらねば。

「あ、着いたよ」

駅から少し歩いた静かな路地には、小さな気取らない看板が出ているだけだ。ここに店があると知らなければ、見落としてしまうかもしれない、小さな店。

「さ。入ろっか」

正太郎に促され、店に足を一歩踏み入れる。

やさしい出汁の香りがふんわりと包み込んできた。関西のお出汁だ。

この店ではおでんのことを関西炊き、というらしい。

小さな店だから二人連れはカウンター席に案内されるかと思ったが、奥の四人掛けのテーブル席を用意してくれる。こういうちょっとした配慮はありがたい。

おまかせの二人前と瓶のビールを頼む。

お互いに「おっとっとっと」「まぁまぁまぁまぁ」と酌み交わし合って、乾杯。

黄金色の液体の形をした幸せがなみなみと注がれたグラスを軽く打ち合わせる。

「お疲れ様。そして、おめでとう」

「ひなたちゃん、ほんとにありがとね」

照れたような笑いを浮かべる正太郎を見ながら口を付けるビールは、美味しい。

こういうちょっとしたことが、幸せなんだと思う。

「どうしたの、顔に何かついてる？」

「いや、いい顔してるなーと思って」

嘘ではない。今日の正太郎はいつにも増していい顔をしている。

ひなたにはこれといった人生の目標がない。

だから、正太郎のように何年も計画してコツコツとお金を貯め、必死に働いて、やっと自分の店が持てそうだということの喜びの大きさを、自分の価値観に照らして推し量ることはできない。

ただ、榊原正太郎専門家としては、普段に比べてどれだけ嬉しそうかということは見ていてよく分かる。この人がこんなに喜びを露わにするのを、はじめて見た。

いつもにこやかだが抑制的で感情を表にあまり出さない人がこれだけ喜色満面の顔を見せてくれることは、ひなたにとっても素直に嬉しいし、喜ばしい。

もっとも、榊正太郎という人物をあまり知らない人から見れば、ちょっと嬉しそうというくらいにしか見えないのだろうけれども。

そう考えてみると、正太郎と草平には共通点があるのか。

ひなたは今まで思いもしなかった点に気付いて驚愕した。どちらも感情はあまり表に出さないが、内に熱いものを秘めていて、しっかりと自分の考えを持っている。

「なるほど……」

「え、何がなるほどなの？」

思わず口に出てしまった言葉を正太郎に聞き返されるが、曖昧に誤魔化した。

こういうことを説明するのは、ちょっと恥ずかしいのだ。

知る人ぞ知る店なのか、店を訪れる客足が途切れることはない。ひなたと正太郎が座ってからも、ひっきりなしに客の出入りがある。二人のように腰を落ち着けて夕餉として関西炊きを食べる人もいれば、気に入った具を二、三見繕って、酒をちょっと引っかけて早々に帰る客も少なくない。

いい店だな、とひなたは天井を見上げた。年季の入った木材からは店の歩んできた時間が感じられる。

愛し、愛され、培ってきた雰囲気が店の到るところに染みついているようだ。

「お待たせしました」

可愛らしい女性店員さんが、おでん、もとい関西炊きを運んできた。

いつも慣れ親しんだ関東の削り節を中心とした醤油の甘い出汁とは違った、昆布と魚介の出汁の香りが食欲をそそる。どうだ美味しいだろうという気負いや見栄のない優しい匂いは鼻腔からゆっくりと心に沁み透っていった。

「こういうおでんを食べてみたかったんだ」

杓子《しゃくし》を手に取りながら正太郎が笑み崩れた。

ひなたと正太郎は、相手によそってやることをしない。互いに好きなものを好きなタイミングで好きなように取る。

玉子や大根にこんにゃく、白滝といったお馴染みの具があるかと思えば、シウマイやタコ、ロールキャベツなどあまり見かけない仲間もお目見えしている。その一方で、はんぺんなんかはいないようだ。

ところ変われば、というが、おでん一つ取っても地方色豊かで面白い。

「いただきまーす」

「いただきます」

手を合わせ、まずは大根から。

「んー！　美味しい！」

汁をたっぷり吸った大根からじゅわりと染み出る出汁の上品な美味しさたるや、筆舌に尽くしがたいものがある。

そこに追いかけてビールを、ぐいっ。

美味い。関西炊き、お見逸れしました。

「この出汁、なんの出汁かな？」

がんもどきを食べて恍惚の表情を浮かべている正太郎に尋ねると、

「昆布と鯛のアラだよ」と事も無げに教えてくれる。

鯛の出汁で、おでん。

それを聞いてひなたはまじまじと鍋の中の出汁を見つめてしまう。

確かにこれはちょっとしたフレンチなんかに行くよりもよほどめでたい外食だ。

器に口を付けて、出汁をちょっと啜る。

昆布と鯛の出汁はあっさりしているかと思いきや深いコクがあり、それでいて押しつけがましくない。煮込んだ様々な具材の旨味が溶け出して、豊かな味わいを創り出している。

これは正太郎に似ているな、とひなたはおかしくなった。

あっさりしているようでいて、実は奥深い。これまでの人生の経験が余すことなく溶け込んでいながら、方向性はぶれることなく一つの味に昇華されている。

つまり、いい味が出ているということだ。鯛の出汁に浮かんでいると思うと、見慣れた焼き豆腐もいつもより立派に思えてしまうから面白い。

「あふあふ」

「ひなたちゃん、大丈夫？　火傷してない？」

心配する正太郎にグッと親指を立てて見せる。熱いものは熱い内に、冷たいものは冷たい内に食べるのが、ひなたの食べる上での大切な哲学だ。せっかくだから、美味しいものは美味しく食べたい。

「ん？」

杓子で具をよそっていると、見慣れない団子状の練り物を発見した。親指の先ほどの大きさで、ぷりぷりとした存在感を出汁の中で放っている。

「あ、それがここの名物なんだよ」

えびてんという名前だが、もちろん海老天ではない。

海老の身を粗くすり身にして、生姜などで味を調えて、丸めた練り物だ。

「へぇ……」

どんな味なんだろうか、と口に運ぶ。

瞬間、口の中で海老の香りが弾けた。

「えっ、えっ、すごい！」

ぷりっぷりの弾力ある食感もさることながら、上等の海老をそのまま食べている時よりも濃厚に感じられる海老の香りに思わず頬が緩む。

海老をそのまま食べるよりも、海老だ。

雑味の一切ないえびてんにはこの店の丁寧な仕事ぶりが表れている。多分、家で同じように作ってもこの味にはならない。

「これは……日本酒が欲しくなる」

「じゃあ、折角だし、頼もっか」

正太郎はすぐに手を上げて店員に日本酒の常温を頼んだ。一合で、お猪口は二つ。

明日も仕事があるのだから、これくらいがちょうどよい。

残りのえびてんを囓り、そこに日本酒を、ぐいっ。

「堪らない……」

「うん。美味しいよね」

正太郎も気に入ったようで、店員さんにえびてんを四人前、追加で頼んでいる。これにはそれだけの価値がある。

濃い海老の香りと味が、鯛の出汁と実に調和が取れている。

これがもっと塩味の強い出汁だったら、ここまでの美味しさにはならないだろう。

つまりは、相性がいいのだ。

お次はシウマイを、かぷり。

これも実にいい。

中身が出汁を汚すことがないように普通のシウマイよりも皮がしっかりと厚く作られているのだが、これがたっぷりと出汁を吸っていい塩梅になっている。中の種の主張し過ぎない味が、これまた鯛の出汁とよく合うのだ。

ここで玉子に挑戦する。

しっかりと茹でられているが、黄身がパサパサし過ぎていないいい茹で加減だ。

黄身をお出汁に砕いて啜るのもよさそうだが、濁るのももったいない気がして、そのまま食べる。

そしてお待ちかねのロールキャベツ。

どんな味がするのだろうかとおっかなびっくり噛り付くが、これがまた。

汁気をたっぷりすったキャベツからはキャベツそのものの旨味もたっぷり出ており中の肉汁と相俟って、極上の味わいに仕上がっている。

正太郎のロールキャベツも美味しかったが、これもまた美味しい。

ひなたはこれまでおでんにロールキャベツを入れるという発想がなかったが、このロールキャベツを食べたことで、おでんにロールキャベツを加える人の気持ちが理解できるようになった。

ロールキャベツというのは、これほどにポテンシャルのある料理だったのだ。

食べながら、正太郎と言葉を交わす。これは、嬉しい発見だった。

最近はゆっくりと話す時間が取れなかったから、言いたかったことや聞きたかったことが後から後から止め処なく溢れてきた。

店のお客のこと。

料理の味のこと。

リュカのこと、奈々海のこと、草平のこと。

そして何よりも、譲ってもらった店をこれからどうするのか、ということ。

お金のこともちょっと、いや、かなり話した。

調理器具その他諸々を居抜きで引き継ぐことになったから設備投資についてはほと

んど無視していいことになった。

けれども、仕入れや光熱費に諸経費はこれから正太郎の負担になるわけで、それについても考えていかなければならない。

もちろん、異世界で得た銀貨を換金しているのだから収入についてはよく分からないことになっているが、これまでの現金収入と出費を計算しながら、あまり贅沢をしないように調整しないといけない。

「本当に、草平さんに店を譲ってもらえてよかったよ」

「ね、よかったでしょ。こんなにいい物件、なかなかないって」

少し調子に乗ってひなたが正太郎にニヤニヤした笑みを向けると、突然、正太郎がえびてんを見つめてじっと黙り込んでしまった。

真剣な面持ちだ。

何か料理のアイデアでも思いついたのかと思ってしげしげと眺めていたが、どうやらそういうことでもないらしい。

短い付き合いではないから、正太郎がこういう時に何を考えているのか、ひなたには薄っすらと想像が付く。

何か気にしなくてもいいことを気にして、自分で背負い込んで、勝手に自己嫌悪の暗い坂道を降っているのだ。賭けてもいい。

「今、何考えてるの？」

「え、いや、何でもないよ」

問われた正太郎が視線を逸らそうとするのを、ひなたは両頬を捕まえて真っ直ぐと向き直させた。

「な、に、を、考えているの？」

笑顔で問い質すひなたの迫力に観念したように、正太郎が弁明じみた口調で語りはじめる。

「ああ、いや……こう、とても失礼なことを考えてしまってた」

「なになに？」

「僕がひなたちゃんと付き合ったのはひなたちゃんのことが好きだからだけど、結果として居酒屋げんを譲ってもらうことになって、なんというか、その、海老で鯛を釣るというか……」

ふむん、とひなたは鼻で大きく息をした。

馬鹿馬鹿しい。要約すれば、ひなたと付き合うことによって店が付いてきたから夢が叶ってしまったということに、勝手に罪悪感を抱いてしまっているのだ。

確かに時系列を無視して箇条書きにすれば、葦村ひなたと付き合ったことは居酒屋げんを手に入れることの前提条件になっているように見える。

だがそれは単なる結果でしかなく、しかもそれはひなたの側から勧めたことだ。

「違うんだ！　そういう意図は全くなかったし、そもそも店を譲ってもらえるかもなんてことは付き合いはじめた時には全く思ってなかったから……」

そんなことは、ひなたが一番よく分かっている。懇々《こんこん》と説明してあげるから。

もし異論がある人間がいれば、連れて来てほしい。

ひなたの様子を怒っていると勘違いでもしたのか、正太郎が弁明をはじめた。

顔がほんのりと赤くなっているところを見ると、ビール一杯とお猪口に二杯で酔いが回ってしまっているようだ。

パートナーがこれくらいの酒で酔ってしまうほど疲れていることに、ひなたは少し衝撃を受けた。確かに正太郎はいつもいつでも働いている。

これは、ひなたが近くで正太郎の働き方をセーブしなければだめなのではないか、と微かな不安が過ぎった。

「海老と鯛ねぇ」

箸でえびてんと突きながら、ひなたが口を尖らせみせる。

「いや、本当にごめん！」

「それじゃあ、正太郎さんが海老で、私とお店が鯛ってこと？」

「え？　あ、いや……」

店付きで鯛、というのは少し不服であるが、鯛に喩えられるのは雑魚《ざこ》に喩《たと》えられるよりも幾分マシかな、という気分になっていた。

いかんいかん。どうやらひなた自身も酔っているらしい。

それが酒にか、雰囲気にかはよく分からなかったが。

正太郎が上目遣いにひなたの表情を窺っている。

いやはや、全く。海老で鯛を釣ったのは、自分の方なのではないか。

「ま、いいんじゃない？　海老と鯛の相性は抜群なんだし」

そう言って、えびてんを口に運ぶ。やはりこのぷりぷりの食感は癖になる。

「えーっと、つまり……？」

榊原正太郎は実によい彼氏だが、肝心な時に鈍いところがあった。それもまた愛嬌だとひなたは思っているのだが。

察しの悪い彼氏のために、ひなたは精いっぱい分かりやすく、誰にでも説明してあげることにした。

「つまりね」

「つまり？」

「これからもずっとよろしくお願いします、ってこと」

「あ、こちらこそ、よろしくお願いします……」

ひなたが手を上げ、〆の茶飯を頼む。

この店では茶飯というのは関西炊きの出汁で炊き上げたごはんに、これまた出汁をかけてサラサラと頂くものだとお品書きに書いてあった。

「但し、条件があります」

「条件？　何？」

ひなたは正太郎の鼻先に人差し指を突きつけ、宣言する。

「釣った魚にも必ず餌は与えること。これを忘れないように」

はい。と正太郎が恭しく頷く。実に素直でよろしい。

そしてこれは同時に、ひなたが自分自身に向けた言葉でもあった。

どちらも海老でどちらも鯛なら、釣った魚に餌を与えなければならないという誓約もまた、相互に交わすべきものなのだ。

「お待たせしました！　茶飯です」

運ばれてきた茶飯は想像よりも更に美味しそうな香りを湯気に纏わせていた。

「あ、ごめん。ちょっとお手洗いに」

先に食べておいて、という正太郎を見送りながら、ひなたは茶碗を手に取る。

まずはお出汁を一口。

玄妙、とでも言えばいいのだろうか。

関西炊きとして煮込まれた種々の具材から沁み出たありとあらゆる旨味が溶け込み柔らかな調和を奏でながら、舌の上を出汁が通り過ぎていく。

「……美味しい」

箸でかき込むと、出汁を吸って柔らかく炊き上げられた米粒がほろりと崩れる。

この関西炊きにして、このメだ。

美味しさに包まれているという幸せさそのものを纏った米粒が食道を胃の腑へと滑り落ちていく感覚は、食べているだけなのに五臓六腑を癒してくれるような優しさに満ちている。

「ただいま。どう、茶飯？」

「とっっても美味しい！」

それはよかった、と正太郎が笑った。さっきの気負いは表情から消えている。

茶飯を味わう正太郎に、改めてひなたは、

「おめでとう。明日からも頑張ろうね」と伝えると、正太郎は顔を赤くして、

「うん」とはっきりとした口調で答えた。

食べ終えて、支払いに立つ。

繁盛している客席を掻き分けるようにして帳場に立つと、先ほどの可愛らしい店員さんに「もう頂いております」と頭を下げられた。

慌てて正太郎の方を見遣ると、頭を掻きながらえへへ、と笑っている。

やられた。

さっき、トイレに立った時だな、と見当をつける。

店を出ようとする正太郎に追いつき、袖を引っ張った。

「なんでよ、今日は私が払うって言ってたのに」

「日頃の感謝の気持ちだよ」

釣った魚に、と言った手前、こう言われてしまうと言い返しづらい。

「……次こそ、私が払うからね」

「楽しみにしてるよ」

店から一歩出ると、外の風が火照《ほて》った頬に心地よい。

空には大きな月が一つ。

「美味しかったね」

「ああ、美味しかったね。仕事が丁寧だった。見習わないと」

「こんな風に、お客さんを満足させられる店にしようね」

正太郎がひなたの方に向き直る。

「……うん、一緒に、いい店にしようね」

きっとできる。

そう思いながら歩く帰り道は、いつもよりも明るく感じられた。

※本書は書き下ろしです。
この物語はフィクションです。作中に同一の名称があった場合でも、実在する人物、団体等とは一切関係ありません。

カバーイラスト着彩：株式会社ウエイド

宝島社
文庫

# 異世界居酒屋「げん」二杯目
(いせかいいざかや「げん」にはいめ)

2024年9月18日　第1刷発行

著　者　蝉川夏哉
発行人　関川誠
発行所　株式会社 宝島社
〒102-8388　東京都千代田区一番町25番地
電話：営業 03(3234)4621／編集 03(3239)0599
https://tkj.jp

印刷・製本　株式会社 広済堂ネクスト


ISBN 978-4-299-05953-6

宝島社
文庫